プロミス・ユー・ザ・ムーン

JN230638

大石 圭

角川ホラー文庫
24426

目次

プロローグ

満月の夜が近い。青みがかった大きな月が、ほとんど真上に浮かんでいる。胸の前で両手を握り合わせ、ガラスの天井越しに頭上の月を見上げている。

一糸纏《まと》わぬ女がひとり、ひんやりとした大理石の床に跪《ひざまず》いている。

何本もの太い柱が、分厚い強化ガラスの天井を支えている。体育館ほどもあるその空間には、家具も調度品も置かれていないために、がらんとしていて、かなり殺風景に感じられる。

月の光が女の裸体を照らす。鏡のように磨き上げられた床にその影が刻みつけられる。照明が消されているために辺りは薄暗い。それにもかかわらず、月光に照らされた女が極めて美しい顔立ちをしていることや、バレリーナか新体操選手のような体つきをしていることがはっきりとわかる。

女は切れ長の涼しげな目をしていて、鼻の形がよく、唇がふっくらとしていて顎先《あごさき》が尖《とが》っている。癖のない黒髪を長く伸ばし、前髪を眉《まゆ》のところで一直線に切り揃えている。

左右の耳には大粒の白真珠が光っている。

少し前に女は三十二歳になった。だが、滑らかな皮膚に覆われたその体には、贅肉《ぜいにく》がまったくついていない。胸にはわずかな膨らみしかないが、薄い皮膚の下には筋肉が張り詰め、ウエストが驚くほど細くくびれている。そして、その背……。

そう。背だ。

肩甲骨の浮き上がった華奢《きゃしゃ》な背には、腕のいい刺青師《いれずみ》の手によるものと思われる観世《かんぜ》音菩薩《おんぼさつ》の女性像が彫り込まれている。

女はほとんど身動きせず、頭上の月を見つめ続ける。髪と眉と睫毛《まつげ》を別にすると、女には体毛がまったくない。

外では夜の虫がしきりに鳴いている。車やオートバイのエンジン音もする。だが、防音性の高いそこには、外部の音はほとんど入ってこない。

女が跪いて長い時間がすぎた頃、夜空に浮かんだ月が……いや、月の神が、ようやく語りかけてきた。

……ルナよ。わたしの妻よ。

その瞬間、女は歓喜に身を震わせ、細い指を胸の前でさらに強く握り合わせた。

「ああっ、お待ちしておりました」

顔をガラス張りの天井に向けた女は、声に出してそう答えた。その声は細く、透き通っていて美しかった。

……妻よ。わたしを愛しなさい。心より愛しなさい。

また月の神の声が耳に届いた。

いや、耳ではない。女はその声を心で聞いているのだ。

「愛します。心より愛します」

女は静かに答えた。

……ルナよ。そこに仰向《あおむ》けになりなさい。

月の神が命じ、女は込み上げる喜びに再び身を震わせながら、その場に身を横たえる。

ひんやりとした床に、体温がどんどん吸い込まれていく。

床に仰向けになったために、肋骨《ろっこつ》の一本一本が浮き上がる。えぐれるほどに窪《くぼ》んだ腹部と、臍《へそ》につけられた大粒の白真珠が、ゆっくりと上下運動を繰り返す。性毛のない恥骨の膨らみが月の光を受けて光る。

女は切れ長の目を閉じ、ルージュに彩られた唇を舐《な》める。長く細い脚をそっと左右に広げていく。

次の瞬間、月の神が女に身を重ね合わせてきた。その重さを確かに感じた女の口から、微《かす》かな声が漏れる。

月の神の器官が女の中に沈み込み始める。

女は硬い床に後頭部を擦《こす》りつけて体を震わせる。神秘的にさえ見える顔を切なげに歪《ゆが》め、眉のあいだに深い縦皺《たてじわ》を寄せる。

やがて月の神が力強く動き始め、女は抑えきれずに声を漏らす。なまめかしいその声が、誰もいない空間に絶え間なく響き続ける。

誰もいない？

いや、そうではない。広々としたその空間の片隅で、ひとりの男がずっと女を見つめている。

第一章

1.

ガラスの天井の向こうに月が見える。青白い月の光が広々とした空間を照らしている。『月の中庭』と呼ばれるその場所に、今、百人を超える男女の信者が集っている。全員が同じ方向を向き、こうべを垂れて大理石の床に正座している。教団には服装に関する規定はないが、ほとんどの者が白い衣類を身につけている。

明かりはすべて消されている。だが、今夜は満月なので暗くて困るということはない。

信者たちの前には、すらりとした体つきの女が……月の神の妻を名乗る女が背筋を伸ばして立っている。

教団の代表であるその女は、美しくて神秘的な顔に濃密な化粧を施し、華奢な体に張りつくような純白のノースリーブのロングワンピースを纏い、恐ろしく踵《かかと》の高い真珠色のパンプスを履いている。

長く伸ばした女の爪には真珠色のエナメルが塗り重ねられ、パンプスの先端から覗《のぞ》く足の爪も同じ色のエナメルで彩られている。耳では大きな白真珠が光っている。

「みなさん、求めてはいけません。月の神は何も与えてはくれません。それでも祈るのです。月の神を讃《たた》えながらこうべを垂れ、自分の心に向き合って祈るのです」

静かな口調で女が言った。その声は細く透き通っていて、聞いている者たちの耳に心地よく響いた。

何台ものカメラが教祖の女に向けられている。地方の支部に集っている信者や、教会に行くことができない信者が、この満月の晩の儀式にリモートで参加するためだった。

信者を見まわし、女はさらに言葉を続ける。

「見返りを求めず、ひたすら祈る。月の神をひたすら讃える。教団の教えは、それだけです。みなさん、月の神に愛される人になってください。月の神を愛してください。月の神が望んでいるのはそれだけです」

女がそこまで言ったところで、純白のカットソーとスパッツを身につけた十数人の若い女が、銀色のトレイを手にして姿を現した。

そのトレイには赤い液体の入った小さなグラスが並べられている。女たちは正座した信者のあいだを縫うように歩き、ひとりひとりにグラスを手渡していく。

グラスの中の赤ワインには、教祖の血液が滴らされているのだという。そのワインは通信販売もされていて、この場にいない信者も手に入れることができた。

すべての信者にグラスが行き渡るまでに十数分がかかった。そのあいだも、月の神の妻を名乗る女は人々に語り続けていた。

「憎んではいけません。恨んではいけません。人に怒りを向けてはいけません。妬《ねた》んではいけません。羨《うらや》んではいけません。そして、みなさん、隣の人を、自分のように思いやってください」

女の声は拡声されてはいなかった。だが、その声は広い会場の最後方にいる者の耳にもはっきりと届いた。

流れる雲が月を覆い隠し、辺りは闇に包まれた。だが、それもほんのわずかなあいだだけ。すぐにまた満月が姿を現し、そこに集った人々を照らし出した。

「月の神はみなさんをお金持ちにはしてくれません。みなさんや家族の病気を治してもくれません。それでも、祈るのです。見返りを求めずに祈るのです」

やがて、床に正座した全員にグラスが行き渡った。最後に月の神の妻だという教祖にも同じグラスが手渡された。

「わたしは月の神を、命が続く限り愛します」

女の声が響き渡り、そこに集っている全員がその言葉を復唱し、グラスに注がれた赤い液体を一気に飲み干した。

2.

月の神の妻を名乗る女は七沢《ななさわ》ルナ。

今から七年前、二十五歳だった時に、ルナは月の神に娶《めと》られ、その崇高な思いを地上に広めるために『月神《げっしん》の会』を立ち上げた。

怪しい？　いかがわしい？

いや、決して怪しくはないし、いかがわしくもない。

なぜなら、月の神の声が、ルナには確かに聞こえているのだから。


三十二年前の秋の夜に、ルナは青山航平《あおやまこうへい》とその妻の陽菜《ひな》の長女として横浜《よこはま》で生まれた。

ルナという名は父がつけた。彼女が生まれた時、夜空に満月が浮かんでいたからだ。

その父は横浜で、かなり大きな外国中古車の販売会社を営んでいた。

その頃の父の会社は経営状態がよく、家族は横浜の住宅街にある高級賃貸マンションの上層階に暮らしていた。公園に茂る木々を眼下に見下ろす、広く明るい部屋だった。

当時、ルナの両親は仲がよかった。少なくとも、ルナはそう思い込んでいた。

ひとりっ子のルナを、父は可愛がってくれた。それはまさに、目の中に入れても痛くないという言葉がぴったりなほどだった。

ルナもまた、優しくて、明るくて、お茶目で剽軽《ひょうきん》な父が大好きだった。父はよくルナをテーマパークや動物園に連れて行ってくれたものだった。

母の陽菜は、誰もが振り向くほどの美人で、モデルのようにスタイルのいい女だった。その容姿が自分の存在理由だと考えていたのか、母は常により美しくなろうとしていた。美貌《びぼう》を保つために、母はほぼ毎日、フィットネスクラブに行って、バレエやヨガや水泳やランニングに励んでいた。エステティックサロンやネイルサロン、ヘアサロンにも頻繁に通っていた。

もしかしたら、母もルナを可愛いと思っていたのかもしれない。だが、母がいちばん可愛がっていたのは彼女自身であり、娘のルナはその次だった。

幼かった頃から、ルナはそれをはっきりと感じていた。

それでも、今になって思えば、当時のルナは幸せだった。容姿が母に似たルナは、小学校でも中学校でも、学校一の美少女だと言われていた。仲のいい友達もたくさんいた。

だが、やがて、父の会社の経営状態が悪くなり、それに比例するかのように夫婦仲は悪化していった。

ルナが中学三年生の時、ついに父の会社が倒産し、その直後に両親は離婚した。直接の原因は母が別の男と付き合っていたことだった。

父に隠れて母が交際していた相手は、家族が暮らしている賃貸マンションのオーナーの七沢輝雄《てるお》という男で、当時、四十歳だった母より十歳年上の五十歳だった。七沢はルナの母と結婚するために、妻だった女を自宅から追い出していた。

ルナは父のそばに残りたかった。何もかも失ってしまった父に寄り添っていたかった。だから、両親にもそう伝えた。

母はルナのしたいようにすればいいと、素っ気ない口調で言った。母は娘をお荷物だと考えていたのかもしれなかった。

だが、父はルナに、母と一緒に行くようにと説得した。自分のそばにいるより、母についてて行くほうが幸せになれると考えたようだった。

ルナは渋々ながら父の説得を受け入れ、母について行くことにした。

父と別れるのが辛《つら》くて、ルナは大粒の涙を流した。父も目を潤ませてルナを抱き締めてくれた。


義父となった七沢輝雄は彫りの深い、いかつい顔立ちの男で、大柄で筋肉質な体つきをしていた。頻繁にゴルフをしているせいで真っ黒に日焼けしていた。

彼は声が大きくて、よく笑う男だった。顔はいかつかったけれど、その笑顔は人懐こくて、いつもたくさんの人々に囲まれていた。

七沢家は江戸時代からの大地主だった。戦後に七沢の祖父や父が、その広大な土地を造成し、分譲販売することで七沢家は莫大《ばくだい》な富を手にした。七沢輝雄には男の兄弟がおらず、父から資産を譲り受けていた。

七沢は『七沢企画』という会社を経営していて、自社が所有する賃貸マンションを管理したり、新たな土地を造成し、そこに建てた住宅やマンションを販売したりしていた。彼は地元の名士で、さまざまなボランティア活動にも精を出していた。

七沢にはルナよりひとつ年下の龍之介《りゅうのすけ》という息子がいた。学校には行かずに引きこもっているというその息子を、七沢は自分の跡取りだと主張し、その親権を妻から奪い取ったらしかった。

龍之介はおとなしくてナイーブそうな少年だった。彼は色が白く、痩《や》せていて、小さな声でおずおずと話した。いかつい顔の父にはまったく似ておらず、大きくて綺麗《きれい》な目をした美少年だった。

義父と龍之介が暮らしている家は、それまでルナたちが住んでいたマンションからそれほど離れていない場所にあった。近所の人々から『七沢御殿』と呼ばれている、丘の上に聳《そび》え立つ大邸宅だった。邸宅がある丘の周囲は、七沢が分譲販売した高級住宅街だった。

サッカー場より遥《はる》かに広い七沢家の敷地内には、『七沢美術館』という私設の美術館があって、義父が蒐集《しゅうしゅう》した西洋の美術品が並べられていた。

その邸宅の存在はルナも以前から知っていた。丘の上の巨大な洋館は、それほどまでに目立ったのだ。

だが、そこがどんな人物の家なのか、ルナは知らなかった。ましてや、そこに自分が暮らすことになろうとは夢にも思わなかった。

大富豪の妻となったことで、母は嬉々《きき》としていた。七沢の邸宅には中年のふたりの家政婦が住み込みで働いていたから、母は家事をいっさいせずに済んだ。

だが、ルナは喜びを覚えなかった。それどころか、義父となった男には、嫌悪に近い感情を抱いていた。

母が再婚する少し前に、ルナは義父に初めて会った。その時から、義父はたった十五歳のルナを、極めて好色そうな目つきで、まさに舐《な》めまわすかのように見つめた。

3.

満月の夜の儀式が終わり、『月の中庭』に明かりが灯《とも》された。それを合図に、信者たちは次々と教会を出ていった。

そんな信者を見送ってから、ルナは『月の中庭』を出ると、長い廊下を歩いて接見室へと移動した。特別な献金をした信者と個別に対面するためだった。

教団の事務局長を務める石黒賢太郎《いしぐろけんたろう》と、ルナの義弟で、教団の最初の信者でもある七沢龍之介が一緒だった。

信者のほとんどは白い衣類を身につけて教会に集って来るが、石黒はいつも洒落《しゃれ》たスーツ姿だった。義弟の龍之介は、ほかの男性信者たちと同じように白い半袖《はんそで》のシャツと白いズボンを身につけていた。

事務局長の石黒は、ルナより五歳上の三十七歳。精悍《せいかん》な顔立ちをした美男子で、事務処理能力が高く、頭の回転も速かった。

二十畳ほどの広さの接見室には背の高いシェードランプがひとつ置かれ、白い壁に柔らかな光を投げかけていた。ルナはその大理石張りの部屋の中央に置かれた椅子に腰を下ろし、自分が入って来たのとは別のドアを見つめた。

ルナの背後には石黒が立っていた。義弟の龍之介は、ルナが見つめているドアのすぐ脇にいた。

「ルナ、そろそろ時間だ。最初は倉田淳一郎《くらたじゅんいちろう》だ」

石黒が椅子に座ったルナに言った。その直後に、静かな部屋にノックの音が響いた。

「お入りください」

落ち着いた口調でルナが答え、龍之介がドアをそっと開けた。

ドアの向こうに立っていたのは、小柄な初老の男性信者だった。元々は日本料理の板前だった倉田淳一郎は、今は都内で日本料理店だけでなく、イタリア料理店と中国料理店、それに二店舗のハンバーグレストランと二店舗のステーキハウスを経営していた。

倉田は去年も一度、こうしてルナと個別に対面を果たしていた。

ほかのすべての信者と同じように、倉田が二年前に入信した時には、教団内での彼のステージは最下位だった。だが、この二年間、多額の献金を続けた結果、今では彼のステージはかなり上位になっていた。

龍之介がドアを閉め、倉田は部屋の中央に座ったルナに深々と頭を下げた。そして、ゆっくりとルナに歩み寄り、そのすぐ前の床に跪《ひざまず》いて女性教祖の顔を見上げた。

倉田は目が小さく、鼻の下が長く、猿を思わせる顔をしていた。金持ちには見えなかったが、かなりの資産を有しているようだった。

「教祖様、こんな近くで再びお目にかかれて、この上ない喜びでございます」

ルナを見つめた倉田がうやうやしい口調で言った。

「倉田さん。心の浄化はできていますか？」

跪いている初老の男にルナは問いかけた。

「努力はしています。ですが……雑念が多くて、なかなか思うようにはいきません」

男がルナを見上げて微笑んだ。

ルナは笑みを返さなかった。信者には笑顔を見せるなと、石黒に命じられていたから。

「倉田さん。努力を続けてください。隣人を自分のように思いやり、自分のように愛してください」

ついさっき、信者たちに言ったのと同じような言葉をルナは口にした。

「はい。教祖様。もっと努力いたします」

ルナは深く頷《うなず》くと、男に向かって右手を差し出した。

男は嬉々とした様子で身を乗り出した。そして、差し出された華奢《きゃしゃ》な手を軽く握り、滑らかなその手の甲に少しざらついた自分の唇を押し当てた。

それが特別な献金をした倉田への『ご褒美』だった。

男の唇が手の甲に触れているあいだずっと、ルナは嫌悪を覚えていた。だが、表情を変えることはなかった。


短い接見を終えた倉田が部屋を出て行くとすぐに、再びノックの音が室内に響いた。

「次は菅野義昭《すがのよしあき》だ。菅野には背中を見せるぞ」

手にしたスマートフォンに視線を向けた石黒が小声で言った。

ルナは無言で頷き、落ち着いた口調で告げた。

「お入りください」

義弟がすぐにドアを開けた。そこにいたのは菅野義昭という五十代前半の信者だった。

IT企業の経営者である菅野は、入信してからまだ一年ほどしか経っていなかった。それにもかかわらず、高額の献金を繰り返すことで、早くも幹部候補と言われるステージに上り詰めていた。

体を鍛えるのが趣味だという菅野は、大柄で筋肉質な体つきをしていた。顔の彫りが深くて、よく日に焼けていて、どことなく義父だった男を連想させた。菅野は今夜も、この接見のために多額の献金をしたようだった。

「こんばんは、教祖様。今夜の接見が認められて幸せです」

床に跪いた菅野義昭が、ルナの顔をまじまじと見つめた。少し充血したその目には、あからさまな欲望が浮かんでいた。

「菅野さん、修行は順調ですか？」

男を見つめ返し、表情を変えることなくルナは尋ねた。

「はい。順調です」

自信に満ちた口調で男が答えた。

「それは素晴らしいことです。これからも一生懸命に修行を続けてください。隣の人のことを、自分のように思いやってください。そして……」

ルナはさらに言葉を続けようとした。けれど、それを遮るかのように、菅野が「わかっています。頑張ります」と大きな声で言った。

「お立ちになってください、教祖様」

すぐ脇に立っている石黒が言い、ルナはゆっくりと椅子から立ち上がった。そして、何度か深い呼吸を繰り返してから、十五センチもある真珠色のパンプスの踵《かかと》を鳴らしながら壁際まで歩き、真っ白な壁に向き合うように立った。

それほど明るくなかった室内がさらに暗くなった。石黒が照明を調節したのだ。

「教祖様、お願いします」

石黒の声が耳に届いた。

五十センチほど前の壁を見つめて、ルナはまた深い呼吸を繰り返した。そして、細い指を背に伸ばし、ワンピースのファスナーを引き下ろし、肩を揺らすようにしてそれを脱ぎ捨てた。白い薄手のロングワンピースが足元にはらりと落ちた。

ワンピースの下は純白のブラジャーと小さなショーツだけだった。

「あぁっ、すごい……」

背後にいる菅野が低く呻《うめ》いた。

壁に向き合ったまま、ルナは再び背中に手を伸ばし、ブラジャーのホックを外し、それを小さな胸から取り除いた。

「これは……すごい……本当にすごい……」

上ずった菅野の声が再び聞こえた。

室内は暗かった。けれど、今、菅野義昭と石黒賢太郎には、ルナの背に彫られた大きくて鮮明な刺青《いれずみ》が……水面に浮かんだ蓮《はす》の葉の上に直立している観世音菩薩の女性像と、その周りで咲いている赤い花がよく見えているはずだった。

ルナは剝《む》き出しの背中に、ふたりの男の射るような視線をはっきりと感じた。けれど、いつものように、義弟の視線は感じなかった。

「なんて美しいんだ……すごい……本当にすごい……」

声を喘《あえ》がせるようにして菅野が繰り返した。

ルナの背に観世音菩薩像が彫られていることは、信者たちに知らされていた。だが、その刺青を目にすることができるのは、高額な献金をした者に限られていた。

ルナが穿《は》いている純白のショーツは半ば透き通っていたから、観世音菩薩の足元の緑色の蓮の葉と、尻《しり》の割れ目が透けて見えているに違いなかった。

この儀式は十秒で終わることになっていた。だが、その十秒が、ルナにはいつもとても長く感じられた。

「教祖様。結構です。ありがとうございました」

ようやく石黒の言葉が聞こえ、ルナは壁に向き合ったまま、外したばかりのブラジャーを身につけた。そして、細い脚を折るようにして足元に落ちたワンピースを引き上げ、それを素早く纏《まと》い、背中のファスナーを首の後ろまで引っ張り上げてから背後にいる男たちに向き合った。

菅野は欲望に目を潤ませてルナを見つめ続けていた。その目を見たルナは、また義父だった男を思い出した。

部屋の中が明るくなった。

ルナは石黒に視線を向けた。彼の表情にはほんの少しの変化もなかった。義弟はやはりルナから顔を背けていた。

「菅野さん、月の神を愛してください。月の神に愛される人になってください」

大理石の床に跪いて自分を凝視している男に、ルナは静かな口調で言った。

「はい。おっしゃる通りにいたします」

好色な顔をした菅野が言った。「それにしても、素晴らしい刺青でした。想像していたのとは比べ物にならないほど美しかったし、それにあの……何て言うか、あの……とてもエロティックで、お美しい教祖様にとてもよく似合っていました。この手で触ってみたくなりました」

ルナは返事をしなかった。表情を変えずに男を見つめていただけだった。

「菅野さん、今夜の接見はこれで終わりです。教祖様が言われたように、よりいっそう、修行に励んでください。あちらのドアから退出してください」

事務的な口調で石黒が言い、男が名残惜しそうな顔をしながら接見室を出て行った。

「次は大木《おおき》信之《のぶゆき》だ。ルナ、大木には手の甲にキスさせてやれ」

再び椅子に腰を下ろしたルナに石黒が言った。

ほかの者たちがいるところでは、石黒もまたルナを『教祖様』と呼んだ。だが、ルナとふたりきりの時や、そばに龍之介しかいない時には呼び捨てにした。

そう。『月神の会』の最高権力者は、教祖ではなく、事務局長の石黒賢太郎なのだ。

4.

母が再婚し、ルナの姓は七沢へと変わった。

丘の上に聳《そび》える洋館の二階の一室を、義父はルナの自室にした。畳に換算すれば三十畳ほどもある洋室で、そこに配置された家具や調度品は高級リゾートホテルのように豪華なものだった。

部屋の中央に置かれた巨大なベッドの四隅には、がっちりとした木製の柱が立てられ、高さ二メートルほどの柱の上に大きな天蓋《てんがい》が載っていた。天蓋からは半透明の白い布が四方に床まで垂れ下がっていた。

「どうだ、ルナ？　素敵な部屋だろう？」

義父となった男が、好色な目でルナを見つめて言った。母と再婚する前から、義父はルナを呼び捨てにしていた。

ルナは母から、七沢を『お父さん』と呼ぶようにと言われていた。だが、ルナは彼を、いつも『七沢さん』と呼んでいた。

義弟となった龍之介は、気が弱そうな美しい少年だった。

ルナは彼を『龍ちゃん』と呼ぶことにした。義弟のほうは、恥ずかしそうに『ルナさん』と口にした。

龍之介は無口だったから、余計なことは言わなかった。それでも、ルナが龍ちゃんと呼ぶたびに、整った顔に照れたような笑みを浮かべた。

いつだったか、龍之介が自分の母の写真を見せてくれた。紗英《さえ》という彼の母は優しそうな顔をした女性で、ルナの母に負けないほどの美貌《びぼう》の持ち主だった。彼女は色白で、奥ゆかしそうで、息子の龍之介によく似ていた。

龍之介は邸宅の二階ではなく、一階の一室で寝起きしていた。母の部屋の真下が彼の自室だった。

母にはルナよりさらに豪華な個室が与えられた。二階の西の外れにあるルナの部屋からはかなり離れた、東の外れに位置する洋室だった。

母は「女王様になったみたい」と言って、子供のようにはしゃいだ。広々としたその部屋に、母は豪華な絹の絨毯《じゅうたん》を何枚も敷いた。壁には絵画やリトグラフを何枚も飾り、キャビネットには高価な磁器人形の数々を並べた。

再婚してからの母は家事から解放され、フィットネスクラブとエステティックサロン、ネイルサロンやヘアサロンや美容外科クリニックに通うことで日々をすごしていた。

「ママはいい人と結婚したでしょう？」

嬉《うれ》しそうに母は言い、ルナはぎこちなく微笑みながら頷《うなず》いた。

だが、ルナは毎日、逃げ出したくなるような居心地の悪さを感じていた。

入籍するとすぐに、七沢と母はヨーロッパ各地を巡る十日ほどの旅に出かけた。最高級のホテルの最高級の部屋に宿泊する豪華な旅のようだった。

義父のルナへの性的暴行が始まったのは、彼らがその旅から戻ってすぐのことだった。
5.

義父がルナの部屋に来たのは、午後十一時をまわった頃だった。

眠っていたルナは掛け布団が捲《まく》られる気配に目を開いた。

部屋の明かりは消されていた。だが、二階の窓のすぐ向こうに立っている背の高い照明灯の光がカーテンの隙間から入って来たから、室内は真っ暗ではなかった。

布団を捲ったのは義父だった。

ルナは思わず悲鳴を上げた。

義父はそんなルナの口を掌《てのひら》で押さえ、「声を出すな」と命《の》じた。

とっさに上半身を起こしたルナは、義父の手を夢中で払い除けて再び叫んだ。

「何をしに来たんですかっ？　出て行ってくださいっ！」

「黙れ、ルナ。黙るんだ」

そう言うと、義父がルナをベッドに押し倒した。

「いやっ！　やめてっ！　やめてっ！」

猛烈な恐怖と嫌悪に駆られてルナは訴えた。

だが、次の瞬間、義父はルナを力ずくで押さえ込み、その華奢《きやしや》な体に自分の巨体を重ね合わせてきた。

ルナは必死の抵抗を試みた。

その直後に、義父が両手でルナの髪を、抜けてしまうほど強く鷲掴《わしづか》みにした。そして、ルナの口に自分のそれを重ね合わせ、ざらついた舌を口の中に押し込んできた。

凄《すさ》まじいまでのおぞましさが襲いかかってきた。だが、非力なルナにできたのは、白目を剥《む》いて身を悶《もだ》えさせることだけだった。

口の中の舌を噛《か》むことはできたはずだった。けれど、ルナはそんな暴力的なことをする勇気を持ち合わせていなかった。

義父は長いあいだ、ルナの唇を貪《むさぼ》り続けていた。だが、やがて唇を離し、ルナが着ていた木綿のパジャマを剝《は》ぎ取り始めた。生地が裂け、ボタンのいくつかが千切れて飛んだ。

ルナはさらに必死の抵抗を試みた。だが、たちまちにしてパジャマを毟《むし》り取られ、ショーツだけの姿にされてしまった。

小さなショーツを穿いただけのルナの左右の手首を、義父は両手で強く掴んだ。そして、剝き出しになった胸に顔を押しつけ、左右の乳頭を交互に貪り吸った。

おぞましさが全身に広がり、頭がおかしくなってしまいそうだった。

「いやっ……やめてっ、七沢さん……いやっ……いやっ……」

ルナは涙を流して訴えた。だが、義父は耳を貸そうとはしなかった。

やがて、義父がルナの胸から顔を上げ、ショーツを脱がせようとした。

「いやっ！　それだけはやめてっ！」

ルナが叫んだその瞬間、義父が「大声を出すなっ！」と怒鳴りながら、ルナの左の頰に手加減なしの平手打ちを浴びせた。

鋭い音が室内に響き渡り、ルナの顔はほとんど真横を向いた。同時に、左の耳の中で甲高い音が発生し、その耳がまったく聞こえなくなった。

その強烈な平手打ちで、ルナは一瞬、脳震盪《のうしんとう》を起こして意識を失った。それはほんの数秒のことだったが、そのあいだに義父はルナのショーツを易々と引き下ろした。

今のルナの股間《こかん》には性毛は一本も残っていない。けれど、当時は、そこにわずかばかりの毛が生えていた。

ルナが抵抗できないでいる隙に、義父は自分も着ているものをすべて脱ぎ捨てて全裸になった。

朦朧《もうろう》となりながらも何とか目を開いたルナの視界に、いきり立った男性器が飛び込んできた。

ルナはまだ十五歳で、異性と手を繋《つな》いだこともなかった。それでも、義父がこれから何をしようとしているのかの想像はできた。

「それだけは、やめて……お願い、七沢さん……お願いだから、もう許して……」

ルナは再び必死で訴えた。口の中が切れたようで、鉄のような血の味がした。

そんなルナに義父が再び体を重ね合わせてきた。義父はぴったりと閉じられていたルナの脚を、自分の脚を使って強引に広げさせようとした。ルナは渾身《こんしん》の力を込めて脚を閉じていようとしたが、ついには二本の脚をV字形に広げられてしまった。

義父がルナの股間に潤滑油のようなものを素早く塗り込み、そこに男性器の先端をあてがった。そして、ルナの体を押さえ込んだまま腰を突き出し、ルナの手首より遥《はる》かに太いに違いないそれを力ずくで押し込み始めた。

かつて経験したことのないほどの激痛が襲いかかってきた。ルナは身を捩《よじ》って凄まじい叫び声を上げた。

「大声を出すな。ぶん殴るぞっ！」

義父が命じ、ルナは必死で歯を食いしばった。もうぶたれたくなかったということもあったが、それ以上に、同じ家の中にいる母や義弟に、こんなことをされている自分の声を聞かれたくなかった。

夫となったばかりの男が、自分の娘に手を出したことがわかったら、気位の高い母はヒステリーを起こして泣き叫ぶかもしれなかった。ルナを殺そうとするかもしれなかったし、自らの命を絶とうとするかもしれなかった。

ルナに激痛を与えながら、巨大な男性器が体の奥深くへと、少しずつ進んでいった。

いつの間にか、ルナの全身は脂汗に塗《まみ》れていた。

「よし、入った。入ったぞ」

義父の声が聞こえ、顔にその息が吹きかかった。

その直後に、義父が前後に腰を打ち振り始めた。

激痛が次々と襲いかかってきた。ルナは何度も意識を失いかけたが、凄まじい痛みが絶え間なく襲いかかってくるために、気を失っていることさえできなかった。

「ルナ、お前は俺のものだ……陽菜と結婚したのは、お前が欲しかったからなんだ」

腰を振り続けながら、義父が喘《あえ》ぐように言った。

悶絶《もんぜつ》を続けながらも、ルナは母を、なんて哀れなのだろうと思った。


いったい、どれくらいのあいだ、義父は腰を動かしていたのだろう。やがて、義父が「出すぞ。口で受け止めろ」と言った。

その直後に、義父が男性器を引き抜き、髪を引っ張るようにしてルナの上半身を引き起こした。そして、自分は中腰の姿勢を取り、朦朧となっているルナの口の奥深くに、ふたりの体液とルナの血液に塗れた巨大なそれを押し込んだ。

その直後に、口の中の男性器が不規則な痙攣《けいれん》を開始し、舌の上におびただしい量の体液を放出し始めた。口の中の液体は粘り気が強く、生温かく、少し塩辛く、とても生臭く……そして、身震いするほどおぞましかった。

「飲みなさい、ルナ。一滴残さず飲み込みなさい」

ルナの口から男性器を引き抜いた義父が恐ろしい命令を下した。

体液を口に含んだまま、ルナは必死で顔を左右に振り動かした。十五歳のルナにも、その液体が何であるかはわかっていた。

「なぜ、飲まない？　また、俺にぶたれたいのか？」

鬼のような形相でルナを見つめて義父が右手を振り上げた。

ルナは観念して目を閉じた。そして、必死で頭の中を空っぽにして、口の中の液体を何度かに分けて飲み下した。


あの晩、義父が出て行った直後に、ルナはトイレに駆け込んだ。邸宅にはそれぞれの部屋にトイレが完備していた。

トイレに入ったルナは、便器の前に跪《ひざまず》いて中指を喉《のど》の奥深くに差し込んだ。すぐに胃が痙攣を始めた。直後に吐き気が食道を駆け上がり、ルナはトイレの水を流しながら、ひんやりとした陶製の便器を抱きかかえ、身を捩って嘔吐《おうと》した。

いつの間にか、また涙が溢《あふ》れていた。

穢《けが》されちゃったんだ。穢されちゃったんだ。

果てしない絶望を抱えてルナは思った。

6.

新婚旅行から戻ってからの義父は、ただの一度も、ルナの母と性行為をしていないと言っていた。

事実かどうか、ルナは知らない。だが、本当のことなのだろうと思っている。ルナにとっての義父は悪魔のような存在だったが、嘘をつくような男ではなかった。

週に一度か二度、義父はルナの自室を訪れ、抵抗するルナを力ずくで押さえ込んで凌《りょう》辱《じょく》した。

「ルナ、俺はお前が好きなんだ。俺にはお前が必要なんだ」

義理の娘を凌辱しながら、義父はいつもそんな言葉を口にした。

学校には仲のいい友人が何人もいた。だが、誰にも相談できなかった。

もちろん、母にも相談できなかった。自分の夫が娘と関係を持っていると知ったら、プライドの高い母は正気を保っていられないはずだった。

ルナを妊娠した時、母は堕胎しようと考えたらしい。父に説得されて出産に同意したが、本当は子供なんて欲しくないと考えていたらしかった。

「女は子供を産むたびに美しさを失っていくのよ」

いつだったか、母がそんな言葉を口にするのを耳にしたことがあった。

思い返してみれば、ルナには母に可愛がられたという記憶がなかった。母から可愛いと言われたこともなかった。それどころか、誰かがルナの容姿を褒めたりすると、母はあからさまに嫌な顔をしたものだった。

ルナの母は実の娘をライバル視し、娘が美しくなっていくことに嫉妬《しっと》していたのかもしれなかった。

それでも、ルナにとってはただひとりの母だった。その母に、夫が自分と結婚したのは連れ子を性の奴隷にするためだったなんて、そんな惨めさを味わわせたくなかった。

わたしさえ我慢すれば、誰も傷つかずに済む。

ルナは心を殺して、義父からの性的暴行に耐えた。

いつの頃からか、義父に凌辱されている時に、『ここにいるのは、わたしではない別の誰かなんだ』と、ルナは考えるようになった。

ルナはその別の誰かに『陽《よう》ちゃん』という名をつけた。

それからのルナは、義父に犯されている時には『陽ちゃん』と入れ替わった。そして、義父が部屋を出ていくまで、ずっと『陽ちゃん』のままですごした。

義父は来るたびに、必ずと言っていいほど体液を嚥下《えんげ》させていた。だが、そのおぞましい液体を飲み込んでいるのは、ルナではなく『陽ちゃん』なのだ。

そう考えることで、地獄の苦しみはわずかに軽減した。

ルナが思い描く『陽ちゃん』は、母にそっくりな少女だった。自己中心的で、見栄っ張りで、派手好きで、自己愛が強い美少女だった。

そんな少女が義父にいたぶられているのを、ルナは『いい気味だ』とさえ思った。

それまでルナは人を憎んだことなどなかった。だが、当時は、義父だけでなく、自分勝手な『陽ちゃん』のことも心の底から憎み、忌み嫌っていた。

7.

満月の今夜、ルナは教会内の接見室で七人の信者と個別に対面をした。七人のうち五人が男性で、ふたりが女性だった。

女性信者たちとは向き合って話をしただけだった。だが、三人の男性信者には手の甲へのキスを許し、菅野義昭ともうひとりには背中の刺青《いれずみ》を見せた。

「ルナ、お疲れさん。今夜はこれで終わりだ」

最後の信者が接見室から出て行くと、石黒賢太郎が表情を変えずに言った。「龍之介もお疲れさん。もう行っていいぞ。俺はルナと話があるんだ」

石黒と話し合うことなどないはずだった。それにもかかわらず、ルナは「そうね。龍ちゃん、お疲れ様。帰って休んでちょうだい」と言って、ドアのそばに佇《たたず》んでいる義弟に微笑みかけた。

「ああっ、はい。それじゃあ、あの……今夜はこれで……」

いつものように、おずおずとした口調で龍之介が言い、ルナと石黒に頭を下げてから部屋を出て行った。かつて同じ家に住んでいた龍之介は、今は近くのマンションでひとり暮らしをしていた。

「やっとふたりになれたな」

龍之介が出て行くと、無表情だった石黒が好色な笑みを浮かべた。

「石黒さん、教団を巡ってたくさんのトラブルが起きていると聞いているんですが……具体的に話してください」

ルナは尋ねた。以前から気になっていることだった。

「そんなこと、誰がお前に言ったんだ？」

「トラブルがあるというのは本当なんですよね？　訴訟も起こされていると聞いていま

す。どういうことなんです？」

これまでルナは多くのことに耐えてきた。けれど、教団が批判にさらされていることを考えると、いても立ってもいられない思いだった。

「大丈夫だ。お前は何も気にしなくていい」

苛立《いらだ》ったように石黒が言った。

「そういうわけにはいきません。わたしは心から信者の人たちを思っているんです。だから、揉《も》め事があるのなら、きちんと話してください」

「大丈夫だ。何度も言わせるな。お前には、今夜まだ、やることが残っているんだ」

「やること？　何ですか？」

ルナは素っ気ない口調で訊《き》いた。だが、見当はついていた。

「今夜の最後の仕事だ。お前の背中を見たら興奮しちまったんだ」

ルナは何も言わなかった。あからさまな蔑《さげす》みの表情を浮かべて、石黒の顔を見つめていただけだった。

「義理のオヤジさんはセンスのいい男だったんだな。あの刺青は本当によく似合ってる。どれだけ見ていても飽きないからな」

そんなことを言いながら、石黒がベルトを外し、腰を屈《かが》めて、スーツのズボンと黒いボクサーショーツを足元まで引き下ろした。剝《む》き出しになった石黒の股間《こかん》では、顔を背けたくなるほどグロテスクな男性器がそそり立っていた。

「さあ、お得意のテクニックを披露してくれ」

笑いながら男が言ったが、やはりルナは返事をしなかった。憎しみと怒りのこもった目で、男を見つめただけだった。

そう。石黒は月の神を崇《あが》める組織の幹部でありながら、最高神の妻であるルナの口を頻繁に穢しているのだ。ほかの信者たちには誰よりも強い信仰心があると見せかけながら、実際には最高神の妻を辱め、金蔓《かねづる》として利用しているのだ。

年会費を信者から取ることも、信者間にカースト制度のような格差をつけることも、追加の献金をした信者に教祖と個人的な接見をさせるということも、あの破廉恥極まりないイニシエーションを行うことも、すべて石黒が金儲《かねもう》けのために考え出したことだった。彼はその金を横領して私腹を肥やしていた。神聖な儀式の夜に信者たちが飲んでいる赤ワインにも、ルナの血液は一滴も入っていなかった。

石黒のしていることは許せることではなかった。だが、ルナにできるのは彼に従うことしかなかった。

「その目は何だ？　何か言いたいことでもあるのか？」

石黒がルナに挑むような視線を向けた。

ルナは返事をする代わりに、無言で立ち上がった。そして、下半身をむき出しにして直立している男に歩み寄り、深呼吸をしてから男の足元に跪《ひざまず》いた。

「それでいい。早くやれ」

頭上から勝ち誇ったかのような男の声が聞こえた。

顔のすぐ前に位置している男性器に、ルナは右手をそっと添えた。そして、鮮やかなアイシャドウに彩られた切れ長の目をしっかりと閉じてから、その美しい顔を男の股間に寄せ、ルージュの光る唇を巨大な男性器に被《かぶ》せていった。


ルナが男性器を口に含むとすぐに、石黒が癖のない髪を両手で強く摑《つか》み、その顔を前後に動かし始めた。

義父に口を犯されている時は地獄にいるかのように感じた。だが、石黒との行為はさらに辛《つら》く感じられた。少なくとも、義父は彼なりのやり方でルナを愛していた。だが、石黒にあるのはどす黒い性的欲望だけだった。

義父を相手にしていた時には身代わりになってくれた『陽ちゃん』は、どういうわけか、石黒に凌辱《りょうじょく》されている時には姿を現してはくれなかった。

「いつも思うんだけど、ルナのフェラは最高だよ。十五の時から義理のオヤジさんに、仕込まれただけのことはあるな。教祖なんか辞めても、このテクニックだけで食っていけるだろうな」

頭上から嘲《あざけ》ったような石黒の声が聞こえた。

彼はいつもルナの口を犯しながら、こうして罵《ののし》るのだ。そうすることによって、教祖を貶《おとし》め、教団を支配しているのは自分なのだと思い知らせようとしているのだ。

石黒は以前から、ルナの股間に男性器を挿入することを望んでいた。

ルナはオーラルセックスには渋々ながら同意した。だが、女性器への挿入だけは断固として拒否していた。

「できないなら、あのことをバラすぞ。そうなったら、お前も教団も終わりだ」

石黒はそうルナを脅して性交を求めた。

だが、それだけは認めるわけにはいかなかった。ルナと性交ができるのは、夫である月の神だけだった。

十分……いや、それ以上にわたって、石黒はルナの髪を鷲摑《わしづか》みにして口を犯し、喉《のど》を乱暴に突き上げ続けた。

半開きの形に固定した顎《あご》の筋肉がおかしくなり、肩や首が激痛を発し、酸欠で頭がぼうっとしてきた頃、頭上から石黒の低い呻《うめ》きが聞こえた。その直後に、男が体を震わせ、ルナの口の中に多量の体液を注ぎ入れた。

口から男性器を引き抜いた石黒が、欲望に目を潤ませてルナを見下ろした。

男は何も命じなかった。それにもかかわらず、ルナは口の中の体液を飲み下した。

8.

ルナと石黒のいる接見室のドアの外には、白いシャツとズボンを身につけた男が立っていた。彼はその部屋を出てからずっと、分厚いドアに耳を押しつけていた。

彼の義姉は今、石黒に口を犯されているのだ。

その様子を想像するのは容易《たやす》かった。自分の父が同じことをしているのを、彼は何百回も目にしてきたのだから。

七沢龍之介は、義姉よりひとつ下の三十一歳。

彼がルナの姿を初めて目にしたのは十四歳の時だった。父の再婚相手の陽菜と、彼女のひとり娘が自宅にやって来たのだ。

「こんにちは、龍之介くん。ルナです。これからよろしくお願いします」

あの日、義理の姉になる少女が龍之介を見つめて微笑んだ。柔らかそうな唇のあいだから白く揃った歯が覗《のぞ》いた。

その瞬間、龍之介は声を漏らしそうになった。目の前にいる少女があまりにも美しく、あまりにも優しそうで、心が激しく震えたからだ。

母が家の中からいなくなってしまったことは、耐え難いほど悲しかった。だが、その少女が同じ家に暮らすことになるのだと思うと、悲しみや辛さが、ほんの少し紛れるように感じられた。

その少女は母によく似ていた。

いや、そうではない。どちらも美しかったけれど、ふたりの容姿は似ていなかった。けれど、同じ家で暮らすようになって、ルナという少女と母の性格がよく似ているということに気づいた。

母と同じように、ルナは優しくて、淑《しと》やかで、奥ゆかしくて、思いやりがあった。そして、自分のことよりほかの人のことを優先して考えるような人だった。

ルナの母のことは好きになれなかった。ルナの母が龍之介を、『引きこもりの厄介者』だと思っていることがはっきりと感じられたからだ。

ルナの母は娘に負けずに美しい人だった。だが、心は美しくなかった。

彼女は愛ではなく、金のために再婚したのだ。

龍之介の父は豪快な性格だった。父はたくさんの人に囲まれ、大きな声でよく喋《しゃべ》り、よく笑い、精力的に仕事をし、思う存分に余暇を楽しんだ。

そんな父とは対照的に、龍之介は子供の頃から無口でおとなしかった。人と話したり、話しかけられたりするのが嫌いで……というより、他人と接することに恐怖に近いものを感じた。

小学校では級友たちと馴染《なじ》めなかった。一緒に遊びたいとも思わなかった。それどころか、彼らがそばにいることを『辛い』『怖い』とさえ感じていた。

その気持ちが伝わったのだろう。最初は話しかけてきた子供たちも、段々と龍之介を避けるようになっていった。

「学校に行きたくない」

ある頃から、龍之介は両親にそう訴えるようになった。

息子の訴えを、母は辛そうな顔をして聞いてくれた。だが、父は無理にでも学校に行かせようとした。

父は毎日のように龍之介を車に力ずくで押し込み、泣きべそをかいている息子を小学校に無理やり連れて行った。けれど、教室に入ったとたんに、龍之介はいつも気分が悪くなり、発熱したり、頭痛や吐き気を覚えたりした。激しい眩暈《めまい》やパニックに襲われて、過呼吸に陥ったり、気を失ったりしたこともあった。

やがて、父も諦《あきら》めたのか、息子を無理に学校に行かせようとすることはなくなった。

父は龍之介の学力について案じていた。けれど、かつて中学校の国語の教師だった母が勉強を教えてくれたから、読み書きに不自由はしなかった。

幼い頃からピアノを習っていたという母は、広々としたリビングルームに置かれたグランドピアノを使って弾き方も教えてくれた。


龍之介は男が嫌いだった。女も嫌いだった。子供が嫌いだった。大人も年寄りも嫌いだった。母以外のすべての人間が嫌いだった。

中学生になったばかりの頃には、週に一度くらいの割合で何とか学校に行った。だが、夏休みが始まる前に、ついに学校に通うのを完全にやめた。そして、それからはずっと、巨大な洋館に引きこもっていた。

父が家にいる時には自室から出なかった。けれど、父がいない時にはリビングルームでしばしばピアノを弾いた。

中学生になってからも、勉強は母に教えてもらっていた。だが、中学二年生の時に、母は家を出て行ってしまった。ルナの母と結婚するために、父が追い出したのだ。

龍之介は母について行くと主張した。母も夫に、「龍之介はわたしに育てさせて」と訴えた。

息子のことで頭を痛めていたはずなのに、父はそれを頑として認めなかった。

かつて龍之介には信じる神などいなかった。けれど今は、ルナが信じる月の神を信じていた。ルナは嘘をつくような人ではなかったから、月の神は確かに存在し、ルナはその声を耳にしているに違いなかった。

『月神の会』が設立された七年前に、龍之介は最初の信者になった。そのことをルナは喜んでくれた。

龍之介は最古参の信者で教祖の義弟だったから、教団ではルナの介添人のようなことをしていた。石黒もそれを許してくれたけれど、教団の運営方針に口を挟むことは決してさせなかった。

ドアの向こうから、呻くような男の声が聞こえた。

今まさに、あの石黒がルナの口の中におぞましい体液を注ぎ入れているのだ。そう思うと、凄《すさ》まじい怒りと憎しみが込み上げた。

石黒にそそのかされて多額の献金をした信者やその家族が、教団と対立するという案件が、今、あちらこちらで起きていた。何人かの弁護士は、さまざまな媒体を利用して教団を糾弾し続けていた。弁護士たちはルナを、金を儲《もう》けることしか考えていない、いかがわしくて、インチキな女であると決めつけていた。

そのことがルナの耳に入っていないはずはなかった。

すべて石黒のせいだった。純真で無垢《むく》なルナを、あの石黒が貶《おとし》めているのだ。

それは許せることではなかった。

いつまでもここにいるわけにはいかなかった。欲求を満たした石黒が、間もなく、出て来るはずだった。

龍之介はドアを離れると、丘の下に建っている自宅マンションに戻るために、長い廊下を急ぎ足で歩き始めた。


家を出て行く時、母は涙を流しながら龍之介を抱き締めてくれた。

十七年という時間がすぎた今も、彼はあの母の腕の感触をはっきりと覚えていた。

一度でいい……たった一度でいいから……ルナに抱き締めてもらいたかった。

もし、ルナに抱き締めてもらえたら……その感触を噛《か》み締めて、自分は人生の残りの時間をすごしていけるはずだった。

9.

ルナが体液を嚥下《えんげ》すると、石黒は「あしたも頑張れよ」と言って教会を出て行った。

あしたの午後は信者向けのビデオ撮影のために、民放の元アナウンサーの女を相手に対談を行うことになっていた。

その対談は形だけのもので、元アナウンサーは教団に都合の悪い質問や、意地悪な問いかけはしないことになっていたから、気を遣うことはほとんどなかった。

問題はそのあとだった。

あしたの夜、ルナはまた、あのイニシエーションに臨むことになっていた。金儲けのために石黒が考案した、破廉恥極まりないイニシエーションだった。

その儀式は言葉にできないほど屈辱的なものだったから、それを考えるだけで頭がおかしくなってしまいそうだった。

石黒が接見室を出ていくと、ルナはトイレに入って口に指を押し込んで嘔吐《おうと》した。吐くものがなくなると、水を飲んでまた嘔吐した。

ようやくトイレを出たルナは、教会に隣接した自宅に戻る前に再び『月の中庭』に行った。そして、すべての明かりを消してから大理石の床に跪《ひざまず》き、ほとんど真上に浮かんでいる月を見つめた。

「今夜また、あの男に口を穢《けが》されてしまいました……お許しください。穢されてしまったわたしを、あなたのお力で清らかにしてください」

月を見つめてルナは言った。その声は大きくはなかったけれど、静かな空間によく響いた。

やがて、声が聞こえた。

……ルナよ。案ずるな。お前の穢れはわたしが清める。

「ありがとうございます」

声を震わせてルナは言った。

跪いたままの姿勢で目を閉じる。石黒によって穢された体が、浄化されていくのを、ルナははっきりと感じた。


初めて月の神の声を聞いたのは母が再婚した翌々年の秋の夜のことで、ルナは横浜市内の私立高校の二年生だった。

あの晩も、義父はルナの部屋にやって来て、『陽ちゃん』と入れ替わっているルナを徹底的に犯し、最後は口の中に体液を放出して嚥下させた。

時には、義父は、朝までルナの部屋にいることもあった。だが、あの晩は行為を終えるとすぐに出て行ってくれたから、ルナは『陽ちゃん』から自分に戻ってトイレに駆け込み、身を捩《よじ》って嘔吐を繰り返した。

足をふらつかせてトイレを出たルナは、暗い部屋でカーテンを開き、ガラス窓をいっぱいに開けた。

ルナが生まれた夜と同じように、あの日の空にも、大きくて丸い月が浮かんでいた。邸宅の広大な庭で鳴く虫の声が聞こえた。窓から流れ込む秋の夜風が心地よかった。

辛《つら》かった。こんな人生なら、もう終わりにしてしまいたかった。

あの頃のルナは、自らの手で命を絶つことを頻繁に考えていた。

自分を呼ぶ声が聞こえたのは、そんな時だった。

驚いたルナは室内に視線を巡らせた。だが、部屋にいるのはルナだけだった。

……ルナ……ルナ。

また声が聞こえた。確かに聞こえた。

ルナは立ち上がり、窓枠に手を突いて身を乗り出した。そして、長い髪を風になびかせながら、いくつもの照明灯に照らされた広大な敷地を見まわした。

……ルナ。空を見なさい。わたしは月の神だ。

ルナは反射的に、頭上の月に視線を向けた。

そんなルナの耳に、またその声が飛び込んできた。いや、それを聞いたのは耳ではなく、心だったかもしれない。

……ルナ。わたしは月の神だ。わたしの声が聞こえるな？

「はい。あの……聞こえます……聞こえます」

さらに身を乗り出してルナは小声で答えた。

……ルナ。わたしはすべてを見ている。お前に起きているすべてを知っている。

「すべてを……ですか？」

……そうだ。すべてを、だ。

丸い月を見上げてルナは頷《うなず》いた。

「月の神様、助けてください……わたしを……この牢獄《ろうごく》から救い出してください……さもなければ、わたしは自分で命を絶ちます」

目に涙を滲《にじ》ませてルナは訴えた。

……死んではならない。わたしが見守っていると信じて耐えなさい。

その言葉が心を揺さぶった。『死ぬな』と命じられたのが嬉《うれ》しかった。

「わかりました。耐えます。ですから、わたしを……見守っていてください」

涙を溢《あふ》れさせてルナは言った。

……安心しなさい。わたしはいつもお前を見守っている。

ルナは夢中で頷いた。全身に安堵《あんど》感が広がっていった。


それからも頻繁に月の神の声を聞いた。そして、そのたびに、月の神がいつも見守ってくれているということを確かに感じた。

いつか、その時が来たら、ルナを自分の妻にすると、月の神は約束してくれた。

そう。ルナは月の神の婚約者になったのだ。

相変わらず、義父による性的暴行は続いていた。だが、月の神は、義父による虐待は、それほど遠くない未来に終わりの時を迎えると予言した。

10.

月の神に命じられて『月神の会』を設立したのは、義父の行方不明者届を提出してしばらくしてからのことだった。

教団の設立にあたって、ルナは自宅の敷地内にあった私設美術館を閉館し、義父が集めた膨大な数の美術品を売却した。そして、美術館だった巨大な建物を改装して、信者のための教会にした。その時に、天井に強化ガラスを張り巡らせた『月の中庭』という祈りの場を新たに増設した。

教会が完成するとすぐに、自分は月の神の妻なのだとルナは名乗り、さまざまな媒体を使って信者を募った。目立つのは好きではなかったが、月の神からの提案を受けて自分の姿をさらすことにした。

あれは今から七年前のことで、ルナは二十五歳だった。

『月神の会』の教えは、『何も求めず、ひたすら祈る。月の神を、ひたすら讃《たた》える』という極めてシンプルなものだった。教団の教えに従ったからといって、ご利益のようなものは何もないとされていた。

最初の信者はごくわずかだった。だが、事務局長の石黒賢太郎の力もあって、設立から七年がすぎた今では数千人という規模になっていた。

『信仰は信仰のためだけにある』というルナの教えが、ほかの多くの新興宗教団体と異なっていて、とても純粋に感じられたというのも、信者が増えていった理由のひとつだったのかもしれない。

設立の三年後には大阪に支部を立ち上げた。その後も支部は少しずつ増えていき、今は札幌《さっぽろ》、仙台《せんだい》、名古屋《なごや》、広島、福岡に小規模な支部があった。間もなく、四国にも支部を立ち上げる予定で、石黒がその場所を選定していた。

信者ではないが、美貌《びぼう》の教祖を崇拝している者も少なくないようで、教団の出版部が刊行しているルナの説教集や、教団の教えを説くルナを映したDVDや冊子などは、一般の人々にも売れていた。

石黒はひとりでも多くの新規信者を獲得し、より多くの金をかき集めようと躍起になっていた。信者を増やすというのは、月の神が望んでいることでもあったから、ルナも反対はしなかった。だが、石黒のやり方はかなり強引で、今ではいたるところで揉《も》め事が起きていたし、裁判沙汰《ざた》になっている案件もあった。

そのことに、ルナは心を痛めていた。

教会を出ると、すぐ隣にある自宅へと向かった。ルナは今も、義父が建てた巨大な洋館に暮らしていた。

その家は本当に大きくて、部屋数も多かった。だが、龍之介がいなくなってしまった今、そこで暮らしているのはルナひとりだった。

洋館のすぐ脇には家政婦のための小さな家が建てられていて、ふたりの家政婦が寝起きしていた。家政婦はどちらも六十代半ばで、義父がいた頃からその家で働いていた。ほかにふたりの庭師が、週に五日、通ってきていた。やはりふたりとも六十代半ばで、家政婦たちと同じように、義父が主人だった頃からその家で庭仕事をしていた。ただ、庭の片隅の薔薇《ばら》園だけは、ルナがひとりで手入れをしていた。

義理の娘を性の奴隷にするような男だったが、七沢輝雄は気前がよかったし、使用人たちにも気を遣っていた。彼は使用人の冠婚葬祭のたびに金を渡し、彼らの誕生日にもプレゼントを贈ったり、金を渡したりしていた。

そんなこともあって、家政婦も庭師たちも七沢を慕っていたようだった。

その七沢が失踪《しっそう》したと知った時、使用人は一様に首を傾げた。七沢には姿をくらまさなければならない理由など、どこにもないように思われたからだ。

義父が突如として姿を消した直後に、ルナは警察に行方不明者届を提出した。

七沢は地元の名士だったから、警察もある程度、捜索に力を入れたようだった。だが、月の神が予言したように、警察は今もなお、七沢の行方を突き止められないままだった。

七沢輝雄のなぞの失踪と、再婚相手であるルナの母の自殺には何か関係があるのではないかと……七沢が何らかの方法を使い、自殺したかのように装って妻の陽菜を殺害したのではないかと……義父の周囲にいた何人かは考えているようだった。だが、警察は母の死は自殺であると断定していた。


義父が今、どこにいるのかをルナは知っていた。

もちろん、全知全能の月の神もそれを知っていた。そして、教団の事務局長の石黒賢太郎もまた、それを知っていた。

11.

マンションの上層階にある自宅に戻った龍之介は、いつものように、部屋の明かりも灯《とも》さぬまま数台のパソコンを立ち上げた。真っ暗な室内をモニターの光が冷たく照らした。二台のパソコンが大きな階段を上がっていくルナの姿を映し出した。

父が作ったあの大邸宅には、ドアを開けるとすぐに巨大な吹き抜けの玄関ホールがあり、二階にはそのホールを見下ろすようにしてぐるりと回廊が作られていた。階段を上り切ったルナは右にある自室ではなく、左に位置する浴室のほうへと向かって回廊を歩いていった。

あの邸宅には一階にも二階にも広々とした浴室があった。だが、龍之介が住まなくなった今、使われているのは二階の浴室だけだった。

微《かす》かな胸の高鳴りを覚えながら、龍之介はパソコンを操作してカメラを切り替えた。すぐに二階の回廊に取りつけた隠しカメラが、そこを歩いているルナの姿を捉《とら》えた。

ルナは教会にいた時と同じ、裾《すそ》の長い純白のワンピースを身につけていたが、足元はタオル地のスリッパに履き替えられていた。

ルナが浴室のドアを開けた瞬間、龍之介はまたパソコンを操作した。そのことによって、今度は脱衣所に入ったルナが映し出された。

さっき、教会内の接見室でしたように、ルナがワンピースを脱ぎ捨てた。

龍之介は思わず息を呑《の》んだ。

離れて暮らすようになってからも、彼はかつてと同じように、ほとんど毎日、入浴するルナの姿を自室から盗み見ていた。

龍之介があの邸宅を追い出されたのは、ルナの母が死んですぐのことで、彼は間もなく十九歳になろうとしていた。

「龍之介。お前もそろそろ、ひとりで暮らすべきだ」

あの日、父が急にそう切り出した。

彼らの邸宅がある丘の周りは閑静な住宅街だったが、いくつかのマンションも建てられていた。どれも、父が所有する賃貸マンションだった。父はそのマンションの部屋のひとつで暮らすよう龍之介に命じた。

「いつまでもこの家でぬるま湯に浸《つ》かっているような暮らしをしていたら、お前は本当にダメになる。だから、ここから出て行きなさい。ひとりで生活するようになれば、今とは別の世界が見えてくるかもしれないからな」

あの日、難しい顔をして父はそう言った。

だが、息子がいなくなった家で、義理の娘を思う存分、凌辱したいというのが、父の本音だったのかもしれなかった。

いずれにしても、龍之介にできるのは、父の命令に従うことだけだった。

あの家のいたるところに取りつけたカメラでルナを見ることはできたし、感度の良いマイクが拾った彼女の声を聞くこともできたから、離れていてもルナを身近に感じることができるはずだった。それに、龍之介が暮らすことになるマンションとあの家は、ゆっくり歩いても十分足らずの距離だった。

いよいよ家を出て行く日、ルナが玄関で龍之介を見送ってくれた。

「龍ちゃん、ひとり暮らし、頑張ってね」

ルナが言った。その顔には心細そうな表情が浮かんでいた。

いや、ただの気のせいだったのだろう。何もできない龍之介が家の中からいなくなったとしても、ルナの暮らしが変わるわけではなかったのだから。


父が所有する十一階建てのマンションの最上階に位置する2LDKの部屋で、龍之介はひとりで暮らすようになった。

それなりに高級なそのマンションに息子を住まわせたのは、愛情からではなく、世間体の問題だったのだろうと龍之介は感じていた。七沢輝雄の息子が貧乏暮らしをしていると思われるのは、地元の名士としては都合のいい話ではなかったはずだから。

その部屋の窓からの眺めは抜群だったし、テラスも広々としていて日当たりがよかった。

けれど、龍之介が窓からの眺めを楽しむことはなかったし、テラスに出て日光を浴びることもなかった。

彼の関心事は、ルナだけだった。

そこに引っ越してきたばかりの頃の彼は、近所のコンビニエンスストアや弁当屋で買ってきたもので食事をしていた。だが、何ヶ月かがすぎた頃からは、スーパーマーケットで食材を購入し、簡単なものを作って食べるようになった。

とはいえ、龍之介にとって、食事はただ空腹を満たすためのものだったから、手の込んだものを作ることはなかった。

自室ですごす時間の多くを、彼はルナを盗み見ることに充てていた。離れて暮らすようになってからも、合鍵《あいかぎ》を使って自由にあの邸宅に出入りすることができたから、彼は自分家中に取りつけてあるカメラやマイクを定期的に交換していた。少し前から、彼は自分でカメラやマイクを改良するようにもなっていた。


脱衣所で裸になったルナが浴室に姿を現した。その浴室には三台の隠しカメラと、二個の盗聴マイクが仕掛けられていた。どれも龍之介が改良したもので、市販のものより感度が良かった。

ほぼ毎日そうしているように、龍之介は今もまた、マンションの十一階にある自室からその様子を見つめた。

畳に換算すると十畳以上ある浴室は、壁も床も浴槽も大理石で造られていた。壁には天井まで届く巨大な鏡が張られていて、その鏡にもルナの裸体が映し出された。

三十二歳になった今も、その肉体は少女のようにほっそりとしていて、余分な脂肪がまったくついていなかった。左右の脇腹には肋骨《ろっこつ》が浮き上がり、ウエストの部分はどこに内臓が収まっているのだろうと思うほど細くくびれていた。龍之介の父に命じられて全身脱毛を繰り返したために、今ではその体には一本の毛も生えていなかった。ルナの臍《へそ》では大粒の白真珠が光っていた。耳の真珠も臍のそれも、ルナは月の神からの贈り物だと信じ込んでいたから、入浴時にも就寝時にも外すことはなかった。

ルナがカメラに背を向けたために、巨大な観世音菩薩がはっきりと見えた。

その刺青《いれずみ》は、ルナにとっては忌まわしいものでしかないはずだった。そんな刺青を一生、背負っていかなければならないルナを、龍之介は憐《あわ》れんでいた。だが同時に、美しくて妖艶《ようえん》だとも感じたし、よく似合っているとも感じた。

12.

高校を卒業したルナは、龍之介の父の会社に就職した。

ルナは大学に進学したいと思っていたようだった。けれど、「秘書になれ」という父の言葉に素直に従って、『七沢企画』で働くようになった。きっと、投げやりな気持ちになっていたのだろう。

秘書と言っても、ルナのしていたことは父の身の回りの世話や、外まわりへの同行など、ごく簡単なことだけだった。若く美しい義理の娘を連れ歩くことが、父は得意でならないようだった。

広々とした大理石の浴槽にルナが身を横たえた。その姿をモニター越しに見つめながら、何の脈絡もなく、龍之介はあの日のことを思い出した。

そう。あの日。

あれはルナの母が死んで間もない頃で、彼女は半月ほど前に二十歳の誕生日を迎えていた。

その秋の午後、父がこの家に中年の男を連れて来た。龍之介はモニター越しに、その男の姿を見た。

青ざめた顔をした痩《や》せた男で、白髪交じりの髪を短く刈り込んでいた。

『久保寺《くぼでら》と言います』

広々とした応接室に通された男が言った。感度のいいマイクが、その低い声を拾い上げた。応接室にも隠しカメラと盗聴マイクが、二台ずつ取りつけてあった。

ルナに向けられた男の目は、恐ろしさを感じるほどに澄んでいた。少なくとも、龍之介はそう感じた。

すぐに龍之介の父が、大きな和紙をルナの前で広げた。その紙には女の観世音菩薩像が、巧みな筆遣いで描かれていた。

『ルナ、この絵をどう思う？』

その絵とルナの顔を交互に見て父が訊《き》いた。

ルナは返事をしなかった。整ったその顔を強《こわ》ばらせただけだった。

『お前の背中にこの刺青を彫ることにした』

黙っているルナに父が宣言した。

『そんな……嫌です。絶対に嫌です』

ルナがさらに顔を強ばらせた。モニター越しにも、それがはっきりと見てとれた。

だが、父にはルナの言葉に耳を貸す気はないようだった。

父は男の手を借りて、抵抗するルナから衣類と下着を力ずくで剝《は》ぎ取った。そして、応接室の片隅にあらかじめ用意してあった特殊なベッドの上に、全裸のルナを俯《うつぶ》せに押さえ込み、その四肢をベッドの四隅の柱にベルトで固定しようとした。

ルナは大声で叫びながら抵抗を続けた。だが、ふたりの男の力の前でできることは何もなく、たちまちにして両腕と両脚をいっぱいに広げた恰好《かっこう》で、そのベッドに俯せに磔《はりつけ》にされてしまった。

すぐに男が剝《む》き出しのルナの背中に、細い筆を使って下絵を描き始めた。身動きの取れないルナにできたのは、『やめてください』『許してください』と訴えながら涙を流すことだけだった。

あの頃すでに、ルナは全身脱毛を終えていて、引き締まったその体には一本の毛も残っていなかった。

男は一時間ほどで、ルナの背に観世音菩薩を描き終えた。それを目にした父は『見事だ。実に、見事だ』と興奮した口調で繰り返した。

一方、俯せに拘束されたルナは、『やめて』『許して』と繰り返しながら涙を流し続けていた。

パソコンを見つめて、龍之介は唇を嚙《か》み締めた。もし、それを彫り込まれたら、ルナは温泉にも銭湯にも入れなくなってしまうし、水着になって海やプールに行くこともできなくなってしまうはずだった。

『七沢さん、本当にいいんですか？　やめるなら今です。始めてしまったら、もう、後戻りはできないんですよ』

下絵を描き終えた男が、ためらいがちに龍之介の父に訊いた。

泣き叫んで拒んでいる若い女の背に、消すことができぬ刻印を残すことは、彼にとってもためらわれることのようだった。

『もちろんだ。そのために、来てもらったんだからな。さあ、彫ってくれ』

目を血走らせた父が興奮した口調で言った。

男がルナの顔を覗《のぞ》き込むかのように見つめた。澄んだ男の目には憐れみや同情の色が浮かんでいるように見えた。

『やめてください。お願いします。お願いします』

涙に潤む目で男を見つめてルナは必死で訴えた。

男が再び父の顔を見つめた。

『本当にいいんですか、七沢さん？　繰り返すようですが、彫ってしまったら二度と消すことができないんですよ』

『いいから、やってくれ。そのために、いくら払ったと思っているんだ？』

苛立《いらだ》ったような口調で父が言った。『もし、あんたがどうしても彫れないっていうのなら、今すぐに金を返してくれ。ここで全額、返済してくれ』

少しの沈黙があった。すでに受け取ってしまった金を返すべきかどうか、男は考えているらしかった。

父が彼にいくら払ったのかは知らなかった。だが、かなりの金額のようだった。

『わかりました。彫ります』

やがて男が小声で答えた。そして、顔を強ばらせながらも、持参した木製の道具箱に骨張った手を伸ばした。


針が打ち込まれた瞬間、ルナが体を捩《よじ》って悲鳴を上げた。

だが、男は『動かないでください』と言っただけで手を止めようとはせず、ルナの背を左手で押さえつけるようにして、次から次へと針を打ち込んでいった。

新たな針が打ち込まれるたびに、ルナは身を震わせて声を漏らした。感度のいいマイクが、それを拾い上げて龍之介の耳に届けた。

ルナが何を思っていたのか、龍之介には分からなかった。だが、ルナの体に針が打ち込まれるたびに、龍之介は心が蝕《むしば》まれ、壊されていくのを感じた。それはまるで、気持ちの悪い生き物に、少しずつ体を食べられているかのようだった。

もう戻れないのだ。ルナさんは元の体に、絶対に戻れないのだ。

そう考えると、凄《すさ》まじいまでの絶望感が全身に広がり、頭がおかしくなってしまいそうだった。

13.

あの日、実に長時間にわたって、男はルナの背に針を打ち込み続けた。だが、巨大な刺青を完成させるには、さらに数日が必要なようだった。

ルナがベッドに縛りつけられたのは午後二時頃だったが、拘束を解かれたのは午後十時をまわっていた。そのあいだ、龍之介はほとんど身動きせずにパソコンを見つめていた。

父は男に『終わるまで続けてくれ』と言った。だが、男は『無理です。娘さんの体力が限界です』と言って針を置いた。

男が出て行くと、茫然自失《ぼうぜんじしつ》の状態に陥り、自力で立ち上がることさえできなくなっていたルナを、父は抱きかかえるようにして彼女の部屋に連れて行った。

龍之介はパソコンを操作して、ふたりの姿を追い続けた。

父はふらふらになっているルナをベッドに座らせると、『あとで食事を運んできてやる』と言い残して部屋を出て行き、ドアに外側から鍵《かぎ》をかけた。

ルナの部屋は外側からも内側からも鍵をかけることができたが、その鍵は父だけが持っていた。

三十分ほどして父がトレイに載せた食事を運んできた。家政婦が手間と時間をかけて作った料理だった。だが、ルナはその食事には手をつけなかった。

泣き叫び続けたために、ルナの瞼《まぶた》は腫《は》れ上がってしまい、別人のようにさえ見えた。

いても立ってもいられずに、龍之介はかつて暮らした洋館へと向かった。

龍之介がルナの部屋のドアをノックしたのは、日付が変わろうとしている頃だった。

「ルナさん……ルナさん……」

ドアに顔を近づけて龍之介は呼びかけた。

モニター越しに最後に見た時のルナは、裸でベッドに横たわっていた。

「龍ちゃんなの？　どうしたの？」

やがて、ドアの向こうからルナの小さな声が聞こえた。彼女もまた、触れるほど顔をドアに近づけているようだった。泣き叫んだためか、その声が少し掠《かす》れていた。

「ルナさん、僕は……見たよ」

さらにドアに顔を近づけて龍之介は小声で言った。同じ二階には父の部屋もあったから、大きな声を出すわけにはいかなかった。

「見たって……何を？」

またルナの声が聞こえた。

「応接室のドアの隙間から、あの……ルナさんが刺青《いれずみ》を彫られているところを……」

龍之介は小声で告げた。応接室のドアの隙間からというのは嘘だったが、モニター越しにずっと見続けていたとは言えなかった。ルナは龍之介が好きな時に洋館に出入りしていることを知っていた。

ルナが息を呑《の》むような音が聞こえた。

惨めな姿を見られたと思って、ルナは恥ずかしいと感じているのだろう。あの時、ルナはショーツさえ身につけていなかった。

「見ちゃったのね……」

やがて、ルナが力なく言った。ドアのすぐ向こうにあるルナの泣き腫らした顔が、龍之介には見えるような気がした。

「許せないよ。ルナさんに、あんな……あんなひどいことをするなんて……あの男。許せない……絶対に許せない」

あの晩、龍之介は自分の父を、『あの男』と初めて呼んだ。

ルナは何も言わなかったが、鼻を啜《すす》るような音が聞こえた。

黙っているルナに向かって、龍之介は言葉を続けた。

「ルナさん、痛い？　痛いんでしょう？」

「少しね。だけど、大丈夫。あの……心配させてごめんね」

「ルナさんが謝ることはないよ。悪いのはあいつなんだ。あの男なんだ」

「龍ちゃん、ありがとう」

ドアのすぐ向こうでルナが言った。

「ごめんね、ルナさん。僕には……何もできないんだ……僕は駄目な男すぎて……力も勇気もなさすぎて……ルナさんがこんなに辛《つら》いのに……ごめんね……ごめんね……」

龍之介は謝罪の言葉を繰り返した。何もできない自分が歯痒《はがゆ》かった。

「謝らなくていいの。龍ちゃんのせいじゃないんだから。さあ、部屋に戻って。あの人に見つかったら、龍ちゃんもひどい目に遭わされるかもしれないから」

「ルナさん、これだけは覚えておいて。僕はルナさんの味方だよ。僕はいつも……ルナさんの側に立っているからね」

胸に込み上げる思いを龍之介は口にした。

「ありがとう、龍ちゃん」

ルナの声がまた聞こえた。


浴室の天井のライトの陰に取りつけたカメラが、浴槽の真上からの映像を送っていた。ルナは今、大理石の大きな浴槽に身を横たえていた。透き通った湯の中の長くて細い脚や、爪先《つまさき》に塗り重ねられている真珠色のエナメルが揺らいでいた。

石黒の考えで、キャッチセールスまがいの強引な勧誘をしたり、高齢の信者に多額の献金をさせたりしていることで、『月神の会』は今、いくつもの問題を抱えていた。

龍之介はアルコールを口にしなかったが、『月の中庭』で行われる儀式では、ほかの信者と同じようにグラスの中の赤ワインを飲んだ。教団が販売もしているそのワインにはルナの血液が混入されていることになっていて、フランスの高級ワインに匹敵するほど高額だった。だが実際には、そのワインにはルナの血など一滴も入っていなかった。

月の神の崇高な思いを広めることだけを願っているルナにとって、そういうさまざまな問題は身を切られるように辛いものに違いなかった。

「ああっ、ルナさん……」

無意識のうちに、龍之介はそう呟《つぶや》いた。気がつくと、彼は両手を強く握り締めていた。

龍之介にとってはルナが神だった。誰よりも愛すべき、美しき女神だった。

ルナさんは僕が守る。命を懸けてでも守る。

龍之介はそれを誓おうとした。

すると、その時、急に、かつて母から教えてもらった英語の慣用句が頭に浮かんだ。

プロミス・ユー・ザ・ムーン。

できるはずのない約束をする、という意味だった。

そう。無力で無能な自分にとっては、そんな大それた誓いは、永遠の戯言《ざれごと》なのかもしれなかった。

14.

ルナがこの家に暮らすようになって少しした頃、龍之介は彼女の自室に、インターネット通販で購入した性能のいい隠しカメラや盗聴マイクを取りつけた。

ルナは学校に通っていたし、ルナの母は美貌《びぼう》を保つことに忙しくて家にいることが少なかった。父は仕事に出掛けていたから、誰にも見られずルナの部屋に出入りするのは容易《たやす》いことだった。

罪悪感はあった。だが、『いつもルナさんを見ていたい』という思いが、罪の意識を打ち負かした。

そして、彼は自分の部屋にいながら、モニターに映し出されたルナを見た。くつろいだ姿勢を取り、音楽を聴いているルナを見た。本を読んでいるルナを見た。机に向かって勉強しているルナを見た。友達と電話で話しているルナを見た。その声も聞いた。

さらに、彼は見た。着替えをしているルナを見た。ブラジャーの下から現れたルナの小ぶりな乳房を見た。天蓋《てんがい》つきのベッドで眠っているルナを見た。そして……龍之介の父に犯されているルナを見た。

彼がしたのは、それだけではなかった。

隠しカメラを取りつけてから三ヶ月ほどした頃、龍之介はルナの入浴中に彼女の部屋に忍び込み、猛烈に胸を高鳴らせながらベッドの下に身を隠した。自分の体の下には持参した分厚いマットを敷いた。

それはあまりにも危険な行為だった。もし、見つかったら、ルナからの信頼を失うことになるはずだった。

だが、彼はそれをした。どうしても、モニター越しではないルナのそばにいたかったのだ。そこに長時間、身を潜めることを予想して、あの晩はリハビリパンツを穿《は》いていた。

やがて、入浴を終えたルナが自室に戻ってきた。ナイトドレスの裾《すそ》から覗《のぞ》くルナの足首やスリッパを、龍之介はベッドの下から見た。すぐそこに見た。

その晩、ベッドに身を横たえているルナの真下で、龍之介は朝まですごした。ルナの息遣いや寝返りの音を、すぐそこに聞きながら、とても満ち足りた気分ですごした。

あれから長い時間が流れた今も、龍之介はルナの姿を盗み見続けていた。

モニター越しに見るだけでなく、何ヶ月かに一度は、あの屋敷にこっそりと忍び込み、ルナのベッドの下や、彼女の部屋のクロゼットの中に、一晩中、身を隠すということを続けていた。

隠しカメラと盗聴器は何度か取り替え、常に最新式のものが取りつけられていたから、龍之介はかつてよりより鮮明なルナの姿を見ることができた。

自分の部屋にカメラや盗聴器が設置されていることに、ルナは今もまったく気づいていないようだった。

この家から父がいなくなってから、ルナは自室のドアに新しい鍵《かぎ》を取りつけた。暗証番号を入力するタイプの鍵だった。ルナは家政婦たちに、自分の部屋の掃除はしなくていいと言っていた。

ルナは部屋を出る時にはいつもドアに鍵をかけていたから、自分の部屋には誰も出入りしていないと思っているはずだった。けれど、龍之介はその鍵が取りつけられてすぐに、暗証番号をプッシュしているルナを物陰から盗み見ていた。

ルナがプッシュしていたのは、『1』『0』『1』『0』という四つの数字だった。

そのことが龍之介を喜ばせた。十月十日は龍之介の誕生日だった。

15.

二年前のルナの誕生日に、龍之介は彼女の部屋に忍び込み、インターネット通販で購入した大粒の白真珠のピアスと、『ルナ。わたしからの贈り物だ』と印字した小さな紙片をルナの机の上に置いた。そのピアスがルナに似合うだろうと思ったのだ。

自分でルナに手渡すことも考えた。だが、誰かに贈り物などしたことがなかったから、何となく気恥ずかしいという思いもあった。

それは危険な賭《か》けだった。ルナがどれほど鈍くても、誰かが自室に忍び込んでいることに気づいてしまうかもしれなかった。

けれど、ルナはそのピアスを、月の神からの贈り物だと信じたようだった。その翌日から彼女の耳には、そのピアスがつけられるようになった。

一年前のルナの誕生日に、龍之介はやはり大粒の、臍《へそ》につける白真珠をプレゼントした。龍之介自身が、それを身につけたルナを見てみたかったからだ。

それまでルナには臍にピアスをつけるという習慣はなかった。だが、その後すぐに美容クリニックに行き、臍にそのピアスをつけるようになった。

今、ルナの臍につけられた白真珠の存在を知っているのは、石黒と教団副事務局長の立花《たちばな》と龍之介、それにあの破廉恥なイニシエーションを体験したごく一部の信者だけのはずだった。


ルナの部屋に盗聴器や隠しカメラを取りつけて少しした頃、龍之介は義母となった陽菜の自室にも同じものを取りつけた。敵対する人物に対する警戒心からだった。

龍之介を馬鹿にしきっているだけでなく、その存在を邪魔だと考えている義母は、廊下で擦れ違っても会釈さえしなかった。

義母はそんな女だったから警戒を怠るわけにはいかなかった。

ルナが母の遺体を発見した日の午後、彼女の部屋の隠しカメラが撮影した映像を龍之介は再生した。そして、あの部屋で義母が命を失う、まさにその瞬間の様子を見た。

龍之介は声を失った。

にわかには信じられなかった。それはあまりにも衝撃的な映像だった。

義母の死の瞬間を録画したものが存在していることを、龍之介はすぐに警察に告げるべきだった。そうしていれば、石黒に教団を支配されるようなことはなかったのだ。

だが、義母の部屋に盗聴器や隠しカメラを取りつけていたというのを知られるのが怖くて……それだけでなく、ルナの部屋にも同じものを設置していることが露見してしまうのが恐ろしくて……あれから十二年という歳月が流れた今も、龍之介はその真実を自分だけの秘密にしていた。

確かに、義母は嫌な女だった。けれど、彼女が命を失った瞬間の映像を見た時は、恐ろしくて叫び声を上げてしまった。


自室のテーブルに置いたコンビニエンスストアの弁当を前に、龍之介はパソコンに映し出されたあの家のダイニングルームの映像を見つめ続けていた。今ではあの邸宅のいたるところに、実にたくさんのカメラやマイクが取りつけられていた。

浴室から戻ったルナは、踝《くるぶし》までの丈の白いナイトドレスを身につけていた。濃密に施されていた化粧はすっかり落とされていたが、彼女の耳では今も白真珠が光っていた。

ダイニングルームに入ってきたルナは、冷蔵庫からサラダの皿を取り出したり、鍋《なべ》に入っているホワイトシチューを温めたり、耐熱皿に入った白身魚のムニエルをオーブンに入れたりして、食事の用意をし始めた。

離れたところに建つマンションの十一階の部屋から、龍之介はそんなルナの様子をまじまじと見つめた。料理はすべて、家政婦が用意したものだった。

いくつかの皿をテーブルに並べると、ルナはワインセラーから白ワインを取り出し、バルーン形のグラスに注ぎ入れた。

龍之介は自分の目の前に置いた同じ形のグラスを手に取った。そして、ルナがグラスを持ち上げ、そこに口を寄せるのを待って、「ルナさん、乾杯」と呟《つぶや》くように口にした。

ルナがグラスの縁にそっと唇をつけると同時に、龍之介もミネラルウォーターが入ったグラスに口をつけた。

『美味《おい》しい』

誰にともなく言うルナの声が聞こえた。

その声を耳にした瞬間、幸福感が龍之介の体を包み込んだ。


ルナが夜ごとにしているように、その晩も龍之介は窓辺の床に跪《ひざまず》いた。そして、両手を胸の前で握り合わせ、目を閉じ、こうべを垂れて月の神に祈りを捧《ささ》げた。

月の神様、僕にも語りかけてくださいませんか。ルナさんにしているように、僕にも声をかけていただけませんか。

今夜も龍之介は心の中で呟いた。

彼は待った。月の神の声が聞こえるのを辛抱強く待った。

けれど、いつまで待っても、月の神は語りかけてはくれなかった。

月の神様、ルナさんをお守りください。お守りください。

こうべを垂れたまま、龍之介は月の神に祈り続けた。

その時、急に、命を失う瞬間の父の姿が頭に浮かんだ。

そう。ルナの母が死ぬ瞬間だけでなく、自分の父が死んだ瞬間の映像も龍之介は保管していた。

第二章

1.

母が死んだのは十二年前、ルナが二十歳の誕生日を迎えたばかりの九月だった。

あの朝、母が朝食に来ないので呼んできてほしいと家政婦に頼まれ、ルナは二階の東の外れにある母の部屋に向かった。午前七時をまわった頃だった。

血圧が低い母は昔から朝を苦手にしていた。

母の部屋のドアの前に立つと、ルナは「お母さん」と呼びかけながら、分厚い木製のドアをノックした。

いつもなら、すぐに母の眠たそうな声が聞こえる。だが、あの朝は返事がなかった。

「まだ眠っているの？　朝ごはんだよ」

ルナは少し大きな声で言いながら、さらにノックを繰り返した。だが、やはり返事は聞こえなかった。

「お母さん。開けるよ」

そう断ってから、ルナは静かにドアを開けた。

その瞬間、天井からぶら下がっている女が視界に飛び込んできた。

華奢《きゃしゃ》な体つきの女だった。女は白くて薄いナイトドレスを身につけていた。俯《うつむ》いた顔は、栗色の長い髪に隠れて見えなかった。

ルナはドアのところに佇《たたず》んだまま、ぶら下がっている女をぼんやりと見つめた。動くことも、考えることもできなくなっていたのだ。

女の足元には椅子が倒れていた。女の真下、床に敷かれた絨毯《じゅうたん》に濡《ぬ》れたような染みができていた。天井からぶら下がっている女は、ゆっくりとまわっていた。

ルナの口からは意味をなさない声が漏れていた。恐ろしくて気が遠くなってしまいそうだった。

女はまわり続け、やがて、俯けられたその顔が、ルナにも見えるようになった。

天井からてるてる坊主のようにぶら下がっているのは、間違いなく母だった。

次の瞬間、ルナは邸宅中に響き渡るような大声を上げた。

自分の悲鳴で我に返ったルナは、天井からぶら下がった母に夢中で駆け寄った。そして、もう何も考えず、床に倒れている椅子を素早く起こしてそこに飛び乗った。

椅子の上に立つと、母の顔がルナのすぐ前に位置するようになった。目を見開いた母の顔は醜く歪《ゆが》んでいた。

その恐ろしい顔から目を逸《そ》らし、ルナは母の首に巻きついているロープに視線を向けた。細くて長い母の首には白いナイロン製のロープが二重に巻きつけられ、なめらかな白い皮膚に深く食い込んでいた。

反射的に見上げると、ロープの反対側は天井の通風口の鉄格子に縛りつけられていた。ルナは固く結ばれているそれを解《ほど》こうとした。だが、それは容易ではなかった。

そうするうちに、義父と家政婦が駆け込んできた。義父はルナに「どけっ！」と大声で命じると、ルナの代わりに自分が椅子に上がった。そして、「畜生、何があったんだっ！」「畜生っ！　畜生っ！」と怒鳴りながら、悪戦苦闘の末に何とかロープを解き、ぐったりとしている母を床に横たえた。

「何をしているんだっ！　救急車を呼べっ！　警察にも通報しろっ！」

茫然《ぼうぜん》と立ち尽くしている家政婦に義父が命じた。そして、自分は妻の口に自分のそれを重ね合わせて息を強く吹き込んだり、妻の胸部を両手で圧迫したりした。

そんな義父の様子を、ルナは体を震わせながら見つめていた。

長く伸ばした母の手の爪には鮮やかなジェルネイルが施されて、そこでラインストーンが光っていた。歪んだその顔には化粧っ気がなかった。細い首には赤黒く変色した醜いアザが、くっきりと、生々しく残っていた。

ふと見ると、部屋の片隅には義弟が佇んでいた。彼は今にも泣き出しそうに顔を強《こわ》ばらせ、大袈裟《おおげさ》なほど体を震わせていた。

救急車が到着するまでずっと、義父は人工呼吸と心臓マッサージを繰り返し、「陽菜っ！　帰って来いっ！　帰って来いっ！」と大声で呼び続けていた。

母と結婚したのはルナを自分のものにするためだったと義父は言っていた。だが、それは嘘だったのではないかと思うほど、彼は必死になって妻を生き返らせようとしていた。

そんな義父のすぐ脇に立ち尽くし、ルナは母の姿を見つめ続けていた。目の前で起きていることが、あまりにも非現実的に思われた。

現場の状況を見れば、母が首を吊《つ》って死のうとしたのは明らかだった。それにもかかわらず、あの母が自らの命を絶とうとしたとは、どうしても信じられなかった。

前日までの母は、それほど生き生きとしていたのだ。大富豪の妻であることが嬉《うれ》しくてたまらないという感じだったのだ。

そんな母が自らの意思でその命を絶つ理由は、どこにもないように思われた。

どうして……どうして……。

ルナは心の中で呟いた。その瞬間、背中から冷たい水を注ぎ入れられたかのような感触を覚えて体を震わせた。

そう。母は娘と夫の関係を知ってしまったのだ。プライドの高い母は、その事実を受け入れきれずに命を絶ったのだ。

そう考えると、すべての辻褄《つじつま》が合うように思われた。

2.

義父の必死の努力にもかかわらず、母は心肺停止の状態で救急車に乗せられ、搬送先の病院で死亡が確認された。享年四十五だった。死亡時刻は死体発見の前夜、午後十一時から十二時のあいだだと推測された。

母の死が宣告された時、義父は涙で目を潤ませ、「ああっ、陽菜……陽菜……」と呟《つぶや》いた。

だが、ルナは泣かなかった。天井からぶら下がっている母を見つけてから、ただの一度も涙を流さなかった。義父の涙を目にしたのは初めてだった。

その日の義父は一日中、妻の死に伴う雑事に忙殺された。義父の秘書業務をしていたルナも同様だった。

その晩、自宅に戻ったルナを、家政婦たちが慰めてくれた。ふたりは「辛《つら》いわね。辛いわね」と繰り返しながら涙を流していた。

だが、やはりルナは泣かなかった。

その晩もルナは窓辺の床に跪き、こうべを垂れて月の神に祈りを捧げた。母が自殺したことも伝えた。

そんなルナに月の神は、『眠りなさい』とだけ命じた。

眠れないのではないかと思った。だが、ルナはすぐに眠りに落ちた。夢など見ない、深い眠りだった。

わたしは悲しんでいないんだ。わたしは心の冷たい娘なんだ。

ルナはそんなふうに考えた。


母が死んだ翌朝、ルナは実の父に電話をかけ、母の死を淡々とした口調で伝えた。

父はひどく驚き、その日の午後、ルナが暮らす丘の上の邸宅に駆けつけてくれた。

そんな父と、ルナは洋館の一階にある豪華な応接室で五年ぶりに再会した。

多額の借金を背負った父には大きな苦難があったのだろう。あれから五年しか経っていないというのに、父だけは十五年、いや、それ以上の年月を生きてきたかのようだった。

それでも、父は当時もハンサムだったし、優しそうな目をしていた。

「ルナはあの頃と、ちっとも変わらないな」

懐かしそうにルナを見つめた父が言った。「何ていうか……天使がいるみたいだよ」

その瞬間、母が死んでから初めて、ルナの目に涙が込み上げた。

疼《うず》くような胸の痛みを覚えながら、ルナは首を左右に振り動かした。

「ううん。わたしは……」

そこまで言って、ルナは口に出かかった『変わってしまったの』という言葉を呑《の》み込み、顔を歪めるようにして無理に笑った。父に心配をかけたくなかったのだ。

笑った瞬間、涙が溢《あふ》れ出て、頬を流れ落ちていった。

「何だい、ルナ？　何か言いたいことでもあるのかい？」

ルナの目を覗《のぞ》き込むようにして父が訊《き》いた。その顔には早くも、心配そうな表情が浮かんでいた。

「ううん。何でもないの」

ルナはそう言うと、また顔を歪めて笑みを浮かべた。

その言葉に、父は「うん。うん」と言って何度か頷《うなず》いた。ルナに向けられたその目も、涙で潤み始めていた。


その午後、ルナと父は、豪華な応接室で紅茶を飲みながら一時間ほど話をした。

父は自己破産をしたようだった。今は友人が経営している自動車販売会社で働き、1Kのアパートで生活しているらしかった。ルナが暮らしている邸宅があまりに大きく、あまりに豪華なために、父はひどく驚いていた。

お父さんと一緒に暮らしたい。

ルナは何度もそう言いかけた。けれど、ついに言わなかった。そんなことは、義父が決して認めないと思ったのだ。

「それにしても、あの陽菜が自殺するなんて、とてもじゃないが信じられない。ルナには何か、思い当たることはあるかい？」

帰り際にソファから立ち上がった父が、ルナの顔を見つめて訊いた。

だが、ルナは無言で首を左右に振っただけだった。義父と自分の淫《みだ》らな関係を知った母が、それを苦に自殺したかもしれないなどとは、口が裂けても言えなかった。

あの日、ルナは口まで出かかった、父と一緒に暮らしたいという言葉を、すんでのところで呑み込んだ。だが、今になって思えば、あの時、ルナは言うべきだったのだ。ルナはすでに二十歳になっていたのだから、それを強く主張すれば、義父も止めることはできなかったはずだ。

あれから十二年がすぎた今も、ルナは時折、あの時のことを胸の疼きとともに思い出す。

もし、その言葉を口にしていたら、おぞましい刺青《いれずみ》が彫られることも、義父を殺害することもなかったのだ。

ルナの背に刺青が彫られたのは、母が死んで間もない頃だった。

3.

母の葬儀は極めて派手に執り行われた。喪服に身を包んだルナは、義父に寄り添うようにしてその葬儀に出た。

葬儀には地元の財界人や議員たちも数多くやってきた。地元選出の国会議員からも花や弔電が贈られた。

葬儀のあいだ、義父はずっと目を赤くしていて、時折、手の甲で涙を拭《ぬぐ》っていた。妻だった女の遺体が茶毘《だび》にふされる直前には、白木の棺《ひつぎ》に縋《すが》りついて号泣した。

ルナも何度となく、ハンカチで目頭を押さえていた。けれど、それは周囲の人々の視線を気にしての演技で、涙は一滴も出なかった。

わたしの体の中には、冷たい血が流れている。

ルナは何度となく思った。

母の葬儀が終わって数日がすぎたある日、思い詰めたような顔をした義父が「ルナ、お前も読んでおくといい」と言って、母の日記帳だという分厚い冊子を何冊か手渡した。

それらの日記帳は、母の部屋の机の引き出しの中にあったもので、遺品を整理している時に義父が見つけたのだという。義父はすでに目を通したようだった。

母が日記をしたためていることは、ルナも以前から知っていた。

「何が書いてあるんですか？」

母の日記帳を手にしてルナは尋ねた。けれど、義父は「読んでみればわかる」と言っただけだった。

ハードカバーの分厚いそれらの日記帳にはどれも、青いインクで書かれた細かい文字がぎっしりと並んでいた。母は美しい文字を書く人だった。

他人の日記を読むのは憚《はばか》られたが、ルナはその日記帳を自室で恐る恐る広げた。

ルナは日付の古いものからではなく、母が最後に書いた箇所から、一日ごとに時間を遡《さかのぼ》って読んでいくことにした。

最後の記述は死の前日のものだった。

それを読み始めてすぐに、ルナは愕然《がくぜん》として日記帳から視線を上げた。母が最後にしたためたその日記には、娘と夫への怒りと憎しみが綴《つづ》られていたのだ。

【今夜もあのふたりがセックスをしている。廊下に出たら、アダルトビデオの女優みたいな声が聞こえてきた。

あの女は何て淫らな声を出すんだろう。あんな女が自分の娘だと思うと鳥肌が立つ】

知っていたんだ。やっぱり、お母さんは知っていたんだ。

強烈な罪悪感が込み上げた。同時に、自分の声を母に聞かれていたのだと考えると、激しい羞恥心《しゅうちしん》が全身に広がった。

そして、ルナは思った。母を死に追い込んだのは、やはり自分なのかもしれない、と。


読み続けるのは辛《つら》かった。だが、ルナは母の日記を、過去へ過去へと遡っていった。その辛い罰を受けるのが義務だと考えたのだ。

【今夜もまた、あのふたりはセックスをしている】【今もルナは、あの人に抱かれている】【ルナのいやらしい声が聞こえて眠れない】【今夜もまた、あの人はルナの部屋に行った】【ああっ、またあいつらのセックスが始まった】

夫が娘の部屋を訪れている日を母は正確に把握していた。そして、そのたびに、夫と娘への……いや、特に、ルナへの怒りや憎しみを赤裸々に綴っていた。

お母さんはいつから知っていたのだろう？

それが知りたかった。知ったからといってどうなる、というものでもなかったが、やはりそれを知りたかった。

ルナは母の日記を読み続けた。何時間もかけて読み続けた。

誰がどう考えても、未成年の義理の娘をレイプし続けた義父に非があるはずだった。

だが、母は極悪非道な夫に対するよりも、実の娘に遥かに強い怒りと憎しみを抱いていた。

【ルナがあの人を誘ったんだ】【ルナは生まれながらの娼婦《しょうふ》だ】【ルナは男を惑わす女だ】【ルナは妖女《ようじょ》だ。妖婦だ】【ルナは実の父とも関係していたのかもしれない】

母の日記には、ルナにとって心外な記述が何度となく登場した。

ルナは母の日記を遡り続け、そして、ひどく驚いた。あろうことか、母は義父が初めてルナの部屋を訪れたあの晩に、すでにそのことに気づいていたようだった。

【やっぱりそうだった。あの人の目的はルナだった。あの人はルナを手に入れるために、わたしと結婚したんだ】

ルナが義父に初めて犯された翌日、母は日記にそう書いていた。

母は気づいていた。自分の夫となったばかりの大富豪が、たった十五歳の娘に性的暴行を加えていると、最初から気づいていた。そして、それにもかかわらず、五年ものあいだ、知らないふりを続けていた。

ルナは茫然《ぼうぜん》となって、母の日記帳から顔を上げた。

母はルナが裏切ったと考えているようだった。だが、裏切り者は母のほうだった。豊かな暮らしを失いたくないばかりに、母はひとり娘を切り捨てたのだ。

お母さんは、本当に自殺したのだろうか？

ルナは首を傾げた。あの負けん気の強い母が、そしてここまでの憎しみを抱いた人間が、自殺などするだろうか？

もし、今の暮らしを守るために母が娘を裏切ったのだとしたら、今まで通り、何も知らないふりを続ければいいだけのはずだった。そうすれば、何ひとつ変わることなく、富豪の妻としての日常は続いていったはずだった。

4.

満月の夜の儀式が行われた翌日の午後に、ルナは教会内で民放の元アナウンサーの女と対談をすることになっていた。

対談の前に、女性メイキャップアーチストの手で、ルナの顔には入念な化粧が施された。その後は、背に流れているまっすぐな黒髪が時間をかけて丁寧に整えられた。

きょうもルナは真っ白なノースリーブのロングワンピースを身につけ、踵《かかと》の高い真珠色のオープントゥパンプスを履いていた。手足の爪には真珠色のエナメルが塗り重ねられ、耳には白真珠の大きなピアスが光っていた。

「こんな感じでいかがでしょう？」

ルナと同年代のメイキャップアーチストが、ルナにではなく、すぐそばにいた石黒賢太郎に訊《き》いた。石黒はきょうも、オーダーメイドの高価なスーツを身につけ、やはりオーダーメイドの黒革靴を履いていた。

「アイシャドウをもう少し濃くしてくれ。そのほうがもっと神秘的に見えるはずだ」

ルナの顔を見つめた石黒が言った。

女は「はい」と、短く答えると、ルナの瞼《まぶた》にさらにアイシャドウを塗り重ねた。

きょうの対談のテーマは『真の信仰とは』というもので、元アナウンサーの問いかけもルナの返答も、すべてが事前に用意されたものだった。その様子は何台ものカメラで撮影され、そのDVDが教団の出版部から発売されることになっていた。

同じ室内には龍之介がいた。彼は所在なさそうな顔で部屋の片隅に佇《たたず》んでいた。

「教祖様。わたしは向こうで、田中《たなか》さんと打ち合わせをしてきます」

石黒はそう言い残して、控え室を出て行った。

田中さんというのは、民放の元アナウンサーの女だった。ルナは彼女を相手に、これまでにも二度ほど対談をしていた。

「龍ちゃん、このお化粧、ちょっと濃すぎると思わない？」

石黒がいなくなるのを待って、ルナは龍之介に訊いた。目の前の鏡に映った女の顔は、素顔の自分とはあまりにもかけ離れているように思われた。

「大丈夫ですよ、教祖様。あの……すごくお綺麗《きれい》です」

ルナに視線を向けた龍之介が、照れたような口調で言った。

5.

対談が行われる部屋には、何台ものカメラやライトが用意されていた。龍之介に導かれてその部屋に入ったルナは、ソファに背筋を伸ばして腰を下ろした。

「ルナさん、頑張ってください」

ルナの耳元でそう囁《ささや》いてから、龍之介は部屋の片隅に移動してルナを見つめた。

対談相手の田中綾子《あやこ》という元アナウンサーは、すでにルナの左側に置かれた椅子に座っていた。彼女はミニ丈の黒いスーツを身につけていた。

田中綾子はそれなりに美しくてスタイルも悪くなかった。けれど、ルナの前にいるとその美しさは完全に霞《かす》んでしまった。少なくとも、龍之介にはそう感じられた。

教団には今、いくつもの悪い噂が次々と立ち続けていて、ここ数年は複数のマスコミから激しく糾弾されていた。新規の信者を集めるための強引な勧誘や、教団の名を伏せてのいかがわしい勧誘に対する非難、返金を求めて元信者やその家族が起こしている何件もの集団訴訟など、トラブルは日本各地で起きていた。

それらの訴訟の先頭に立っているのが、溝口光昭《みぞぐちみつあき》という三十代半ばの弁護士だった。

脱会した元信者の中に、あの破廉恥なイニシエーションを受けた勝本《かつもと》という男がいた。その男はマスコミにイニシエーションの詳細な内容を暴露していた。

そんなこともあって、今では世間の人々の多くがルナのことを、金儲《かねもう》けのために教団を率いている、いかがわしくて破廉恥な女だと考えるようになっていた。新規に入会する信者の数も頭打ちだったから、石黒はさらに強引な勧誘を考えるようになっていた。

石黒はそれらのトラブルを、ルナには伏せるように命じていた。けれど、ルナは多くのことを知っていた。

ルナはひどく心を痛め、真っ当な運営をしてほしい、あの忌まわしいイニシエーションもやりたくないと訴え続けていた。

けれど、石黒はルナの訴えには耳を貸そうとはしなかった。

ルナは月の神の思いを世に広めようと、純粋に願っているだけで、金を儲けたいとか、人々の注目を集めたいなどとは、ほんの少しも望んではいなかった。

それなのに……自分のことより他者を優先して考える、純粋で純真なルナが……いかがわしくて、恥知らずで、金のことしか考えていない女のように思われて世間から糾弾されているということに、龍之介はひどく苛立《いらだ》っていた。

純粋な信仰集団だった『月神の会』が、こんなにも大きく変わってしまったのは、四年前の秋に教団が石黒に支配されてからだった。

だが、龍之介にはそれを防ぐことができたのだ。

そう。龍之介にはルナを助けることができた。一度ではなく、その機会は何度となくあった。いや、今、現在もある。

だが、できるにもかかわらず、勇気がなくて、龍之介はそれをしなかった。

そんな自分を、龍之介はずっと責め続けていた。

ルナの対談相手の元アナウンサーの耳にも、教団についての噂の数々は入っているに違いなかった。だが、きょうの対談はプロパガンダだったから、教団にとって都合の悪いことは話題にされないはずだった。

「それでは撮影を始めます。本番っ！」

撮影監督が宣言し、スタッフの何人かが「本番」と繰り返した。その直後に、広々とした室内に完全な静寂が広がった。

最初に口を開いたのは田中綾子だった。

「これから『月神の会』の教えについて、教祖である七沢ルナさんにお話をしていただきます。七沢さん、どうぞよろしくお願いいたします」

穏やかな笑みを浮かべた元アナウンサーが言った。

「こちらこそ、よろしくお願いいたします」

凜《りん》とした表情をしてルナが言い、女に向かって深く頭を下げた。

「きょうのテーマは真の信仰について……というものですが、七沢さんがお考えになっている真の信仰とは、どのようなものなのでしょうか？」

田中綾子が問いかけ、ルナはゆっくりと頷《うなず》いてから、表情を変えないまま口を開いた。

宗教団体の多くは、信仰に対する見返りを提示している。

信仰をすれば幸福になれる……家族と仲良くなれる……金に不自由しなくなる……怪我や病気が治る……幸運が訪れる……祖先の霊が見守ってくれる……。

だが、『月神の会』では、月の神をどれほど讃《たた》えても、見返りはないとしていた。信仰は信仰のためにだけあるものだからだ。

そう。月の神の考えでは、見返りを求めての信仰は、真の信仰ではなかった。

「見返りを期待してはいけないんですね？」

ルナの目を見つめて、元アナウンサーが訊いた。

「はい。『月神の会』の信者になったとしても、ご利益はありません。それでも、信じるのです。何の見返りも期待せずに、ただ信じ、月の神を讃えるのです」

毅然《きぜん》とした表情を保ったまま、よく通る声でルナは言葉を続けていた。

信者たちにとって、その言葉は目新しいものではなく、これまでに何度も耳にしてきたものだった。それにもかかわらず、それを語っているルナの姿は、いつまでも見ていたいと思わせるほどに崇高だった。

「七沢さんは、月の神様と頻繁にお話をなさっているのですね？」

元アナウンサーが真顔で尋ね、ルナはまた表情を変えないまま、「はい。月の神は毎日のように語りかけてくれます。そのありがたいお言葉を、私は信者の皆さんにお伝えしています」と静かに答えた。

元アナウンサーは笑みを浮かべることなく深く頷いた。

もしかしたらこの女も、ルナを怪しくて、いかがわしい人間だと思っているのかもしれなかった。けれど、龍之介は、ルナが月の神と本当に話をしているのだと信じていた。

6.

月の神と話すルナを初めて目にしたのは、彼女が高校二年だった年の秋だ。

あの晩も父は十時をすぎた頃にルナの部屋に行った。そして、必死で抵抗するルナを力ずくでベッドに押し倒して荒々しく凌辱《りょうじょく》した。

いつもそうしていたように、龍之介は数台のカメラを通してその一部始終を目撃し、感度のいい複数のマイクが拾い上げた生々しいルナの悲鳴や呻《うめ》き声を聞いた。マイクのひとつはベッドの裏側に取りつけられていた。

同じ家の中でルナがそれほどひどい目に遭っているというのに、龍之介がしたのは、体を震わせながらその様子を見つめていることだけだった。

僕は何て役立たずなんだ。

十六歳だった龍之介は、そう思って自分を蔑《さげす》んだ。

あの夜、父は二時間近くルナの部屋にいて、午前零時をまわった頃に出て行った。

父が出て行くとすぐに、ルナは裸のまま自室の片隅にあるトイレに駆け込んだ。そこにはカメラもマイクもなかったから、トイレでルナが何をしているのかはわからなかった。だが、それは容易に想像できた。

トイレから出てきたルナは、シェードランプの明かりを消し、カーテンをいっぱいに開いて窓を開け放った。あの夜は大きな月が出ていたし、龍之介が取りつけたカメラの一部は感度がよかったから、月明かりしかないそんな中でも、ほっそりとしたルナの裸体を見ることができた。

ルナは全裸のまま床に跪《ひざまず》き、両手を顔の前でしっかりと握り合わせた。

窓に向けられたルナの顔を月が照らしていた。その顔には疲れたような表情が張りついていた。鷲摑《わしづか》みにされた髪は縺《もつ》れあって、くちゃくちゃになっていた。

当時のルナの股間《こかん》には、今はないわずかばかりの毛が生えていた。滑らかな背中には、あの刺青《いれずみ》がまだ彫られていなかった。

いったい、どのくらいのあいだ、床に跪いて月を見つめ続けていたのだろう。やがて、ルナの唇が動き、そこから小さな声が漏れた。

『はい。聞こえます……聞こえます……』

顔を動かさずにルナが言った。月光に照らされたその顔には微笑みが浮かんでいた。

龍之介は驚いて目をいっぱいに見開いた。父が出て行った今、その部屋にいるのはルナひとりのはずだったから。

ルナの部屋には数台の隠しカメラが、さまざまな方向を向けて取りつけられていた。だが、どのカメラも、ルナ以外の人物を映し出すことはなかった。複数のマイクもルナ以外の人物の声を送ってこなかった。

誰もいなかった。少なくとも、カメラには誰も映らなかった。

その時、またルナの口から言葉が漏れた。

『月の神様、お待ちしていました……今夜もお声が聞けて嬉《うれ》しいです……』

月の神様？

龍之介は首を傾げた。

『はい。耐えます……月の神様、わたしを見守っていてください……』

またしても、ルナの口から『月の神様』という言葉が出た。

その後もルナの口からはいくつかの言葉が漏れた。それはまるで、夜空に浮かんでいる月と話しているかのようだった。

とっさに立ち上がると、龍之介は家の東側に位置している自室を出て、西側の部屋へと向かった。そして、誰も使っていないその部屋に入ると、窓にかけられたカーテンをいっぱいに開けた。

窓ガラスの向こう、西の空に月が浮かんでいた。

考えられることは、ひとつしかなかった。

そう。ルナは月の神と話をしているのだ。

人間のものではないその声を、集音マイクは拾うことができないのだろう。だが、ルナは確かに、月の神の声を聞いているのだ。

普通の人なら、義父から暴行を受け続けた少女が、ついにおかしくなってしまったのだと考えるかもしれない。

だが、龍之介はそうではなかった。


「七沢さん、貴重なお話の数々をありがとうございました。ぜひまた、この続きをお聞かせください」

対談の最後に、元アナウンサーが言い、ルナに頭を下げた。

「こちらこそ、ありがとうございました」

笑わずに答えると、ルナもまた元アナウンサーに深々と頭を下げた。

これできょうの対談は終わりだった。

「教祖様、お疲れ様でした」

そう言いながら、龍之介はルナに歩み寄った。

そんな龍之介に向かって、ルナが笑わずに頷いた。

神秘性を保つために、周りにほかの人間がいる時には、ルナは笑顔を見せてはならないことになっていた。

いや、ルナが微笑まなかったのには、ほかに理由があったのかもしれない。今夜、ルナはまた、あの破廉恥なイニシエーションに臨むことになっていたから。

ルナと一緒に教会を出た龍之介は、そのまま洋館へと向かった。今夜の彼にはイニシエーションに臨む教祖に付き添い、その場まで連れて行くという任務が残っていた。

「龍ちゃん、ピアノを弾いてくれない？」

玄関でパンプスを脱ぎながらルナが言った。

「ピアノですか？」

「うん。わたしは部屋で少し休むけど、家の中に龍ちゃんのピアノが響いていると安心できるの」

スリッパに履き替えたルナが龍之介を見つめた。

「わかりました。お安い御用です」

龍之介が言い、ルナがかすかに微笑んだ。

ルナが階段を上り切るのを見届けてから、龍之介はリビングルームへと向かった。南を向いた広々としたその部屋には今も、母が残していったグランドピアノが置かれていた。

三千万円以上で購入したというピアノの前に、龍之介は静かに腰を下ろした。そして、深い呼吸を繰り返してから、ほっそりとした指を鍵盤《けんばん》に乗せた。

龍之介の部屋にもピアノはあったが、この家のピアノを奏でるのは久しぶりだった。

ピアノを弾いていると、急に父が死んだ夜のことを思い出した。

そう。あの晩、彼はマンションの自室の机に置かれたパソコンで、父が命を失う瞬間を目にしていた。

あの晩、龍之介はすぐにマンションを飛び出すと、電動アシスト自転車に乗って丘の上に聳《そび》える洋館へと向かった。そして、洋館の南側に広がる薔薇《ばら》園で、父の死体が処理されるまでのすべてを目撃した。

悲しみは感じなかった。あの時、彼はルナの身だけを案じていた。

7.

龍之介と一緒に洋館に戻った時には、窓の外には夕闇が漂い始めていた。

自室に入ったルナは明かりを灯《とも》さぬままソファに座り込み、刻々と暗くなっていく窓の外に力ない視線を向けた。

すぐに化粧を落としたかった。この濃密な化粧が施されてからずっと息苦しさを覚えていた。けれど、今はまだ化粧を落とすわけにはいかなかった。

階下からピアノが聞こえてきた。龍之介が弾いているのは、彼の母が好きだったというショパンの『別れの曲』だった。

中学の国語の教師だった母から習っただけの龍之介のピアノは、そんなに上手《うま》くはないのかもしれなかった。だが、彼の奏でる旋律は奥ゆかしくて遠慮がちで、ルナの心に心地よく響いた。

どうして、こんなふうになってしまったんだろう？

階下から響いてくるピアノの音色に耳を傾けながら、ルナはそんなことを思った。

いや、その答えはわかっていた。

まっすぐな信仰心からルナが設立した教団が、石黒という男に支配されてしまったのは、義父の死体を彼に見つけられてしまったからだった。

そう。ルナが殺害した義父の死体……七沢輝雄を殺したのは、七年前、ルナが二十五歳の秋の終わりのことだった。

あの晩も、ルナは自室の床に跪き、夜空に浮かんだ月に祈りを捧《ささ》げていた。あの夜の月はルナに、旧約聖書のノアの方舟《はこぶね》を連想させた。
祈りを続けているルナに、月の神が突如として命じた。
……あしたの夜、七沢輝雄を殺害しなさい。
ルナはひどく驚いて、夜空の月を見つめた。
「無理です……わたしにはできません」
声を震わせてルナは言った。
……勇気を持ってやりなさい。わたしが手助けする。
月の神がなおも命じた。
「あの……わたしは……どうすればいいのでしょう？」
月を見つめてルナは尋ねた。声だけでなく、体全体が震えていた。
そんなルナの耳に、また月の神の声が届いた。
……わたしに言われた通りにすればいい。
ルナは無言で頷《うなず》いた。月の神の言葉は絶対だった。

8.

翌日の夜遅く、午後十一時をまわった頃に、義父がルナの部屋にやって来た。
月の神の予言の通りだった。

義父は焦茶色のガウンを身につけ、やはり月の神が予言した通り、四本の白いナイロン製のロープを手にしていた。

そのロープを見つめて、ルナは奥歯を噛《か》み締めた。

義父が何をするつもりなのか、過去の経験からルナはよく知っていた。それだけでなく、今夜、自分がそのロープで何をすることになるのかもわかっていた。

「裸になって、ベッドに俯《うつぶ》せになりなさい」

好色な笑みを浮かべて義父が命じた。

あの頃の義父は、ルナを頻繁にベッドに俯せに拘束していた。身動きできないルナの背の観世音菩薩を眺めたり、そこに舌を這《は》わせたり、男性器を口に含ませたり、股間《こかん》に押し込んだりしながら、長時間にわたって弄《もてあそ》ぶというのが、その頃の彼のお気に入りだった。

いつもなら、ルナは嫌だと言って抵抗を試みた。だが、その夜は命じられた通り、白いナイトドレスを素直に脱ぎ捨てた。そして、小さなショーツを脱いで、天蓋《てんがい》つきのベッドに歩み寄り、掛け布団を床に払い落としてから、シーツの上に俯せに身を横たえた。

月の神からそうするように言われていたからだ。

「今夜はやけに素直だな」

そう言って、義父がベッドに歩み寄ってきた。

「七沢さん、あまりきつく縛らないでください」

四本の白いロープを使って、ルナの手首と足首をベッドの四隅の柱に縛りつけている義父にルナは言った。

「わかってる、ルナ。もっと大きく脚を広げろ。もっとだ。もっと広げるんだ」

そんなことを言いながら、義父は手を動かし続けた。

ほんの数分で義父はその作業を終え、ルナは水面に浮かんだアメンボのように、両腕と両脚をいっぱいに広げた恰好《かっこう》でベッドに固定された。

義父がすぐにガウンと下着を脱ぎ捨てて全裸になった。その股間ではグロテスクな男性器がそそり立っていた。

義父は市販の潤滑ローションをルナの股間にたっぷりと塗りつけ、その直後に、日焼けした筋肉質な体をルナの背にぴったりと重ね合わせてきた。そして、左右に大きく広げられたルナの脚のあいだに硬直した男性器をあてがい、ルナの体をベッドマットに押さえつけるようにしながら腰を強く突き出し始めた。

これが最後なんだ。こうしてこの人に犯されるのも、これで終わりなんだ。

あの時、シーツを握り締めながら、ルナはそんなことを思っていた。

9.

ルナの背に胸部と腹部を押しつけて、義父は十分、いや、もっと長いあいだ、腰を前後に打ち振り続け、やがて低く呻《うめ》きながら、ルナの中に体液を注ぎ入れた。

いつもと同じように、それはとても辛《つら》い時間だった。だが、こんなふうに犯されるのは、これが最後だった。

「少し休憩しよう」

満足した顔でそう言うと、義父はルナの四肢を拘束していた四本のロープを解《ほど》いた。そして、部屋の片隅のソファに裸のまま腰を下ろし、ビールを運んで来るようにと命じた。

それを聞いた瞬間、強い恐怖がルナの肉体を貫いた。そんなことを命じられたのは初めてだった。そして、それは、前日の夜に月の神が予言した通りのものだった。

ルナは「はい」と小声で返事をした。心臓が猛烈な勢いで鼓動していた。顔を強《こわ》ばらせたまま、ルナはナイトドレスを纏《まと》って自室を出た。そして、震えている脚を意識的に動かして円形の回廊を歩き、大きな階段を降りて一階へと向かった。

ダイニングルームの明かりは消されていた。広々としたその部屋の大きな窓から、夜空に浮かんだ月が見えた。その月に向かって、ルナは声を震わせて語りかけた。

「やらなければなりませんか？　どうしても、やらなければなりませんか？」

けれど、月の神は何も言ってくれなかった。

やらなければならないのだ。予定通り、義父を殺害しなければならないのだ。

ルナは大きな冷蔵庫に歩み寄ると、その扉を開けて五百ミリリットル入りのビール瓶を取り出した。そして、トレイに三本の瓶ビールと、ガラスのジョッキと栓抜きを載せて再び二階へと向かった。

三本のビール瓶を載せたトレイは重たかった。ずっしりとした緑色の瓶に入ったそのピルスナービールが、義父のお気に入りだった。

ルナが部屋に戻ると、義父はさっきと同じ恰好でソファにもたれていた。

「遅かったな」

ルナを見つめた義父が言った。その顔には笑みが浮かんでいた。

「あの……栓抜きを探していて……」

ルナの声は震えていたが、義父はそれに気づかないようだった。

ルナは無言で瓶の栓を抜き、ソファの前に置いたジョッキにビールを注ぎ入れた。

あの頃のルナはほぼ毎晩、義父と向き合って夕食をとっていて、その時にはいつも、義父のグラスにそのビールを注いだものだった。

手が細かく震えていた。だが、義父はそのことにも気づかなかった。義父の顔には今も穏やかな笑みが浮かんでいた。

ルナにとっての義父はおぞましい存在でしかなかった。だが、その笑顔はルナにも魅力的に見えた。

義父はすぐにジョッキを手に取ると、喉《のど》を何度か鳴らしてそれを一気に飲み干し、「うまい」と、満足そうに口にした。

「もう一杯、飲みますか?」

ルナは尋ねた。月の神から聞いていたから、義父が頷くことはわかっていた。

義父が「おお」と言って笑顔で頷き、ルナは瓶の中に残っていたビールをジョッキに注ぎ入れた。

義父はあっという間に一本目を飲み干し、二本目を開けるようルナに命じた。それもまた、月の神の予言の通りだった。

義父はジョッキに注ぎ入れられた二本目のビールを、今度はゆっくりと味わうかのように飲み始めた。

その時、月の神の声が聞こえた。

……今だ。やれ。

躊躇《ちゅうちょ》している時間はなかった。

凄《すさ》まじい恐怖に包まれながらも、義父の背後にルナは素早く移動し、傍に置いてあった三本目のビールの瓶の細い部分を右手で摑《つか》んだ。そして、その瓶を頭上に振り上げ、ビールを飲んでいる義父の脳天に向かって渾身《こんしん》の力を込めて振り下ろした。

義父の口から微《かす》かな声が漏れた。ほぼ同時に、義父の手を離れたジョッキが床に落ち、ビールが泡立ちながら床に広がった。

10.

一秒ほどのあいだ、義父はそのままの姿勢でいた。だが、やがて、石像が倒れるかのようにソファから転げ落ちて、俯せの姿勢で床に横たわった。

俯せに倒れるというのも、月の神が予言した通りだった。

ルナは小さな悲鳴をあげながら、その場にしゃがみ込んで義父の顔を覗《のぞ》き込んだ。

目を閉じた義父の顔は意外なほど穏やかに見えた。ビール瓶で殴りつけられた脳天の皮膚が五センチほどの長さに割れ、そこから真っ赤な血が溢《あふ》れ出ていた。

ぐずぐずしているわけにはいかなかった。

さっきまでルナの手足を縛っていた四本のロープが、すぐそこの床の上に投げ出されていた。そのロープの一本を素早く拾い上げると、まずは床に投げ出されていた義父の両手首を後ろ手に、尻《しり》の辺りでしっかりと縛った。続いて、別のロープを手に取って義父の足元にまわり、今度は左右の足首を解けないように強く縛り合わせた。

義父が意識を取り戻したのは、まさにルナが義父の足首を縛り終えた時だった。

「な……なんの……つもりだ？」

顔を強ばらせた義父が、舌を縺《もつ》れさせながら言った。その目は虚《うつ》ろで、焦点が定まっていなかった。

ルナはもう一本のロープを手に取った。そして、そのロープを義父の太い首にぐるりと巻きつけると、ロープの一端を足で床に強く踏みつけ、反対側の端を両手で握り締めた。

その時になってようやく、義父はルナが何をしようとしているのかを察した。

「や……やめろ……やめ……てくれ……」

充血した目を見開いた義父が呻くように言った。

「ごめんなさい。許して」

足元に俯《うつぶ》せで横たわっている義父を見下ろし、声を震わせてルナは言った。

「やめて……くれ……ルナ……たのむ……から……やめて……くれ……」

彫りの深い顔を歪《ゆが》め、義父が必死で訴えた。

その顔を目にした瞬間、ルナの心が動いた。たとえ相手が憎くてしかたがない男であったとしても……生きている人間から、たったひとつの命を奪うなんて……そんなことはしたくなかった。

……やれ、ルナ。やれ。

躊躇しているルナに、月の神が命じた。

ルナは足元の義父から顔を背け、ロープの一端を強く踏みつけたまま、両手に握り締めたもう一端を思い切り強く引っ張った。

足元から義父の呻きが聞こえた。激しくもがく音もした。

恐ろしかった。恐怖のあまり、尿が漏れてしまいそうだった。

義父は低く呻《うめ》きながら激しくもがき続けた。手にしたロープを通して、義父の体の動きがルナにもはっきりと伝わってきた。

力を緩めるわけにはいかなかった。始めたからには、やり遂げるしかなかった。

ルナは歯を食いしばり、体にあるすべての力を動員してロープを引っ張り続けた。

どのくらいそうしていただろう。やがて、義父の呻きが聞こえなくなった。ロープを通した動きも伝わって来なくなった。


ようやく力を緩めたルナは猛烈に震えながら、動かなくなった義父の脇に再びしゃがみ込んだ。すべての力を使い果たしてしまったのかもしれない。どこにも力が入らなかった。全力疾走をした直後のように呼吸が乱れ、心臓が猛烈な速さで鼓動していた。

あの時の母と同じように、義父の顔もまた苦痛に歪んでいた。そして、あの時の母と同じように、充血した目をいっぱいに見開いていた。義父の太い首には、今も白いロープが深々と食い込んだままだった。

ルナは身を乗り出すと、筋肉の張り詰めた義父の背に右の耳を押しつけた。

義父の体は熱いほどの熱を発していたし、わずかに汗ばんでいたけれど、心臓の鼓動は聞こえなかった。

そう。義父は死んだのだ。もう二度と、ルナを犯すことはできなくなったのだ。

11.

あの晩、床に広がった血液を拭い取ってから、ルナは義父の死体をあらかじめ用意してあった白いシーツでくるみ、四本のロープを使ってしっかりと縛った。そして、黒い長袖《ながそで》シャツと黒いジーパンを身につけて、死体を引きずって自室を出た。

二階建てのその洋館には一基の小型のエレベーターが設置されていた。車椅子を使っていた義父の母のために設置されたものだった。そのエレベーターで死体を階下に運ぶつもりだった。

義父の死体を引きずって円形の回廊を進んでいる途中で、何度か立ち止まって乱れた息を整えた。回廊の床は磨き上げられていたが、義父は大柄で、体重はルナの二倍以上もあったから、死体を引っ張って進むのは想像していたより遥《はる》かに大変だった。強い吐き気がした。頭も割れるように痛かった。できることなら、ベッドに横になって少しだけでも休みたかった。だが、何としてでも今夜のうちに、死体を処理してしまわなければならなかった。

何とかエレベーターにたどり着くと、ルナはその小型のエレベーターに義父の死体を引っ張り込んで一階に降りた。そして、また、死体を引きずってエレベーターを出ると、屋敷の南側に位置するリビングルームに入った。

その部屋の中央付近に置かれたグランドピアノは、薄暗がりの中でも光っていた。ルナは死体を引きずりながらそのピアノの脇を通り抜け、南を向いている大きな窓を開けて、そこから死体をテラコッタ製のテラスに引きずり出した。

窓を閉めたルナはテラスに佇《たたず》み、荒い呼吸を繰り返しながら、暗さに目が慣れるのを待った。

西の空に月が浮かんでいた。前夜と同じように、その月はノアの方舟《はこぶね》を連想させた。ひんやりとした風が吹いていた。秋も終わりに近づいていたけれど、辺りにはやかましいほどの虫の声が響いていた。

広々としたそのテラスの向こう側は、ルナがひとりで管理している薔薇《ばら》園になっていた。日当たりがよく、北風を避けられるので、その場所は薔薇の栽培にうってつけだった。

二百平方メートルほどあるその薔薇園の片隅には、昼間のうちにルナが掘った穴が開いていた。義父の墓穴だった。

非力で、スコップなど使ったことのないルナにとって、穴を掘るのは容易なことではなかった。それでも、できるだけ大きくて深い墓穴を作るために、その日の午後、ルナは長い時間をかけ、汗まみれになって薔薇園の土を掘り出していた。

テラスに置かれた義父の死体に視線を向ける。白いシーツにくるまれたそれは巨大な芋虫のようにも見えた。

乱れた呼吸が落ち着き、暗さにある程度目が慣れたのを確認してから、ルナはテラスから死体を下ろし、そこにあった園芸用の長靴を履いて十メートルほど向こうの墓穴に引きずっていった。敷地にはあちらこちらに背の高い照明灯が立っていたから、足元が暗くて困るというようなことはなかった。

凸凹した土の上を、重たい死体を引きずって歩くのは、磨き上げられていた床とは比べ物にならないほどの労力が必要だった。

えっ？

途中でルナは視線を感じて動きを止めた。

照明灯に照らされた周囲を素早く見まわす。だが、こちらを見ている者を見つけることはできなかった。

今、この邸宅にいる、生きている人間はルナひとりだった。夜のあいだ、ふたりの庭師はいなかったし、住み込みの家政婦たちが寝起きしている建物は、この薔薇園からは離れていた。

大丈夫だ。誰にも見られていない。

さらに入念に周囲を見まわしてから、ルナはまた義父の死体を引きずり始めた。

ようやく穴に辿《たど》り着くと、ルナは死体の脇にしゃがみ、その顔の部分のシーツを両手でそっと広げた。

義父はルナの人生を決定的に変えてしまった男だった。義父さえいなければ、人生はまったく違ったものになっていたはずだった。

それでも、最後にお別れを言うつもりだった。

少し離れた場所にある照明灯の光を受けた義父の顔は、今も苦しみに歪んでいた。最後に見た時と同じように、その目はカッと見開かれていた。太く逞《たくま》しい義父の首には、ロープによる醜いアザがくっきりと残っていた。

「さようなら、七沢さん」

義父の顔を見つめて、ルナは呟《つぶや》くように口にした。

その瞬間、義父の口が動いたように見えて、ルナは小さな悲鳴をあげた。

だが、もちろん、口は動いていなかった。義父は死んだのだから。命を持たない物体になってしまったのだから。

ルナはそっと手を伸ばし、見開かれたままだった義父の瞼《まぶた》を閉じさせた。

目を閉じると、義父の顔は穏やかに変化し、眠っているだけのようにも見えた。

ルナは中腰の姿勢を取り、死体を両手で強く押して穴の中に落とした。

なるべく大きく掘ったつもりだった。だが、その穴は、大柄な義父を埋めてしまうには小さすぎた。深さも充分とは言えないようだった。それでも、シーツの上から義父の腰や膝《ひざ》を折り曲げるようにして、ルナは死体を何とか穴の中に収めた。

さまざまな感情が湧き上がってくるのを感じながら、ルナは長いあいだ死体を見つめていた。だが、やがて、すぐそばの地面に突き立てておいたスコップを手に取り、自分の手で掘り出した土を死体の上に被《かぶ》せていった。

ほんの数分で、義父の死体は見えなくなった。

ルナは顔を上げ、方舟のような月を見つめた。

……よくやった、ルナ。今夜から、お前はわたしの妻だ。

月の神の声が聞こえた。

そう。あの夜、ルナは月の神に娶《めと》られたのだ。


あとになってから、ルナはその穴をもっと深く掘るべきだったと後悔した。

けれど、あの時には、それほど深く考えなかった。全能の月の神も、何も言ってくれなかった。

そのことに関してだけは、ルナは今も少しだけ月の神を恨んでいる。

12.

階下からは龍之介のピアノが響いている。その音色に耳を傾けながら、ルナは自室のソファに腰を下ろし、グラスに注ぎ入れたブランデーを啜《すす》っていた。

あのイニシエーションの前には、ルナはいつも強い酒を口にしていた。そうでもしなければ、正気を保っていられなかったから。

あのおぞましいイニシエーションを、石黒が考案したのは、今から二年前のことだった。

『金のある信者はきっとやりたがるはずだ』

あの時、いやらしい目つきでルナを見つめた石黒が、楽しげな口調でそう言った。

もちろん、ルナは抗《あらが》った。そんなことは絶対に受け入れられなかった。

だが、石黒は考えを変えなかった。あの時すでに、教団を支配するようになって二年がすぎ、彼は絶対的な権力者になっていた。

『ルナ。お前に決定権はない。すべてを決めるのは、この俺だ』

ルナにできたのは、その忌まわしい提案を受け入れることだけだった。

今夜、そのイニシエーションのために訪れるのは、小林直純《こばやしなおずみ》という五十歳の男性信者だと聞かされていた。小林は父親から譲り受けた建設会社を、東京の多摩《たま》地区で経営していた。地元では名の知れた会社のようだった。

小林が月の神をどれほど信仰しているのか、ルナにはわからない。あの破廉恥なイニシエーションを希望しているということは、彼は月の神にではなく、美貌《びぼう》の女性教祖のほうに、より大きな興味があるのかもしれなかった。

いずれにしても、教団にとって、小林はなくてはならぬ重要人物のようだった。彼は多額の献金を続けていて、ルナの背の観世音菩薩をこれまで三度も目にしていた。

二杯目のブランデーを口に含む。口の中が痺《しび》れる。喉《のど》を鳴らして飲み下す。強い刺激が食道を下り、胃が燃えるように熱くなる。

階下のピアノの音が止んだ。

グラスに三杯目のブランデーを注ぎ入れる。それを一気に飲み干した時に、ノックの音が聞こえ、ルナは静かに立ち上がった。

あのイニシエーションについては、教団を脱会した男性がマスコミに暴露していた。教団は、それは男の作り話で、昔も今もそんなイニシエーションは存在しないと主張していた。現役信者のほとんども、イニシエーションを体験したという脱会信者の話は、教団を貶《おとし》めるための作り話だと信じていた。

けれど、おそらく龍之介は、これからルナが何をするのか……いや、何をされるのか知っているはずだった。

パンプスの高い踵《かかと》をぐらつかせながら、ルナは龍之介に付き添われて洋館のすぐ隣に建つ教会へと向かった。

強い酒を三杯も飲んだというのに、頭は冴《さ》えていくばかりだった。

無言で歩く龍之介の顔は、ルナに負けないほど強《こわ》ばっていた。

そう。やはり龍之介は知っているのだ。

教会の入り口まで来ると、龍之介が大きくて重たいドアをルナのために引き開けた。

そのドアから、ルナは教会の内部に静かに足を踏み入れた。


『月の中庭』と同じように、エントランスホールの床も磨き上げられた大理石だった。

龍之介がそのホールを通り抜け、先にあるドアを押し開けた。

ドアの向こうには祈りの場である『月の中庭』が広がっていた。

白くて太い何本もの柱が立ったその空間は、学校の体育館ほどの広さがあった。小さなライトがひとつ灯《とも》されているだけなので、建物の外より暗く感じられた。

ドアの向こうには石黒と、でっぷりと太った中年の信者が立っていた。石黒はスーツ姿だった。信者は柔道着のような白い衣類を身につけていた。石黒は無表情だったが、脂ぎった信者の丸い顔には欲望の色がはっきりと浮かんでいた。

ふだんは『月の中庭』には、家具も調度品も置かれていない。だが、今夜はその中央に、分厚くて巨大な一枚の黒いマットレスが敷かれていた。

「教祖様をお連れしました」

顔を強ばらせた龍之介が、硬い口調で石黒に言った。

「ご苦労様、七沢くん。君は下がってください」

石黒が事務的な口調で龍之介に告げた。このイニシエーションに立ち会うことを、龍之介は許されていなかった。

ルナにとって、それはありがたかった。あの時の自分を義弟には見られたくなかった。

龍之介は無言のまま踵《きびす》を返し、たった今、入ってきたドアから出て行った。

「教祖様。今夜はよろしくお願いいたします」

そう言うと、小林という信者がルナの全身を不躾《ぶしつけ》に見まわした。

ルナは静かに頷《うなず》いてから、頭上にそっと顔を向けた。分厚い強化ガラスの天井の向こうに月が光っていた。

13.

電動アシスト自転車に乗ってマンションの自室に戻った龍之介は、机の上に並べられた数台のパソコンを立ち上げた。すぐにそれらのモニターに、さまざまな角度から撮影された『月の中庭』が映し出された。

教会の内部にカメラやマイクを設置したのは数年前だった。ふだんは教会には誰もいなかったから、それをするのは容易なことだった。

今、『月の中庭』には三人がいた。顔を強ばらせたルナと、事務局長の石黒、それにでっぷりとした体つきの中年の男性信者だった。

小さなライトがひとつ灯されているだけなので、『月の中庭』はかなり薄暗かった。だが、最新式のカメラはとても感度がよかったから、男性信者の髪に白髪が交じっていることまで見て取れた。

『小林さん、繰り返すようですが、このイニシエーションについては、くれぐれもご内密に願います。イニシエーションの存在を知っているのは、教団内でも数人だけです』

落ち着いた口調で石黒が言った。

『はい。決して他言はいたしません』

小林と呼ばれた信者がすぐにそう返事をした。

石黒によれば、建設会社を経営する小林はかなりの資産を有しているようだった。教会での小林は敬虔《けいけん》な信者を装っていた。だが、あのイニシエーションを受けたがる他の男たちと同じように、彼が教会に通っている理由は信仰ではないだろうと察せられた。

モニター越しにさえ、脂ぎった男の顔に欲望の色が浮かんでいるのがはっきりとわかった。

『神聖なイニシエーションを執り行います。教祖様、よろしくお願いいたします』

石黒がうやうやしい口調で言い、立ち尽くしているルナに頭を下げた。

その隣では小林が、石黒と同じように頭を下げていた。

ルナは無言で頷くと、顔を強ばらせて背中のファスナーを引き下ろし、ゆっくりとした動作で白いワンピースを脱ぎ始めた。

そんなルナを、小林が瞬《まばた》きの間さえ惜しむようにして凝視していた。

やがてルナの足元に、ワンピースがはらりと落ちた。ワンピースの中にルナは白い半透明のブラジャーと、同じ色の小さな半透明のショーツを身につけていた。ブラジャーのカップの向こうに、小豆《あずき》色をした乳頭が透けて見えた。

ルナが静かに顔を上げた。その顔は、恐怖と嫌悪のために一段と強ばっていた。

下着だけになったルナの姿を、下品な顔をした男性信者が呆《ほう》けたように口を開いて見つめた。ルナの臍《へそ》には今夜も白真珠がつけられていた。

その男は過去に三度もルナの背中を見ていた。だが、臍の真珠を目にしたのは初めてのはずだった。

『教祖様は、あの……臍にも真珠をつけてらっしゃるんですね』

声を上ずらせた小林が言った。

だが、ルナは返事をせずに腰を屈《かが》め、踵の高い真珠色のパンプスを脱ぎ捨てた。

『教祖様、あちらのマットレスに移動なさってください』

やはり、うやうやしい口調で石黒が言い、ルナは顔を強ばらせたまま、下着だけの姿で床に敷かれた黒いマットレスに歩み寄った。そして、つややかに光る黒髪を体の片側でひとつにまとめてから、左右の脚をぴったりと閉じて、贅肉《ぜいにく》のない体をマットレスの上に俯《うつぶ》せに横たえた。

『ああっ、見事だ……何度、見ても、実に見事な刺青《いれずみ》だ……』

ルナの背を見つめた小林が呻《うめ》くように言った。

石黒は顔色ひとつ変えずに平静を装っていた。だが、その心の中は、隣に立っている下卑た顔の男と同じであるに違いなかった。

『小林さん。月の神に祈りを捧《ささ》げながら、聖なるイニシエーションを執り行ってください。このイニシエーションを行うことによって、小林さんの心は浄化されるのです』

真剣な面持ちでそう言うと、石黒が透明なガラス瓶を男に手渡した。

その瓶の中に入っているのは『聖なる水』だとされていた。だが、それが市販のマッサージローションだということを龍之介は知っていた。

石黒から瓶を受け取った男が、俯せになっているルナに歩み寄った。男はルナのすぐ傍に跪《ひざまず》き、ルナの背中の上で手にした瓶を傾けた。

とろりとしたローションが瓶の口から流れ落ちた瞬間、ルナが顔を歪《ゆが》めて身震いした。

背骨の窪《くぼ》みに沿ってローションが縦に広がっていった。

龍之介はパソコンのモニターにさらに顔を近づけた。

ルナの背に刺青を彫らせた父は、今も許せなかった。だが、そんな龍之介の目にも、その観世音菩薩は美しくて妖艶《ようえん》に映った。

ルナは今、マットレスに右の頬を押しつけていた。しっかりと目を閉じ、左右の拳《こぶし》を固く握り締めていた。

小林という男性信者が、ガラス瓶を左手に握ったまま、たった今、滴らせたばかりのマッサージローションを、右手でルナの背中全体に塗り広げ始めた。そのことによって、ルナの背はピアノのように光り始めた。

男は瓶を何度も傾けてローションを滴らせ、贅肉のない細い腕にも、骨張った肩や腰にも、半透明のショーツに包まれた小さな尻《しり》にも、引き締まった太腿《ふともも》や脹《ふく》ら脛《はぎ》にも、とろりとしたそれを塗り広げ続けた。

『教祖様。今度は仰向《あおむ》けになってください』

透き通ったブラジャーと小さなショーツだけを身につけて俯せになっているルナに、すぐそばに立っている石黒がうやうやしく告げた。

ルナは返事をせず、ゆっくりと仰向けの姿勢を取った。

仰向けになったことで、肋骨《ろっこつ》の一本一本が浮き上がり、腹部がえぐれるほどに窪んだ。

『小林さん、月の神を讃《たた》えてください。月の神の妻である教祖様を讃えてください。そして、厳かな気持ちで聖なるイニシエーションを続けてください』

真剣な表情の石黒が告げ、男が今度はブラジャーや腹部や下腹部にローションを滴らせ、それを掌《てのひら》で塗り広げ始めた。

目を閉じ、歯を食いしばっているルナの顔は、恥辱と屈辱に歪んでいた。

14.

ルナと同じように、龍之介も身を震わせて奥歯を噛《か》み締めていた。ルナの気持ちを考えると、いても立ってもいられない気分だった。

『教祖様には、あの……ここに毛が一本も生えてないんですね』

小林直純の上ずった声が龍之介の耳に届いた。

男は半透明のショーツの上からルナの恥骨にローションを滴らせ、欲望に目を潤ませながらその膨らみを撫《な》でまわしていた。ルナの全身はすでにローションに塗《まみ》れていて、顔を除けばそれが塗られていない部分はないほどだった。

『教祖様。あの……恐れ入りますが……胸を……吸わせていただけませんか？』

欲望に目を潤ませた男が、さらに声を上ずらせてルナに訊《き》いた。

『小林さん、それは許されません』

石黒が答えた。だが、過去にそれをした信者がいたことを、龍之介は覚えていた。

『そこを何とか……お願いできないでしょうか？　あの……献金でしたら、いくらでもいたしますから……』

男がルナにではなく、傍に直立している石黒を見上げて訊いた。

『そうですね。それをするためには、このイニシエーションと同じ額の献金をする必要があります』

石黒が言い、直後に男が『払います。現金で払います』と答えた。

『わかりました。それでは、ごく短いあいだだけ、教祖様の胸に唇を触れることを許可します』

石黒の言葉が完全に終わらないうちに、男がルナのブラジャーを押し上げた。そして、剝《む》き出しになった胸に顔を伏せ、腹を空《す》かせた赤ん坊のように乳頭を貪《むさぼ》り吸い始めた。

目を閉じたルナの顔がさらに歪んだ。


小林直純は多額の追加献金を約束することで、さらにエスカレートした行為を求めた。

石黒は『渋々ながら認める』という表情を装っていたが、内心では男が多額の金を払うことを喜んでいるに違いなかった。

男がルナに、マットレスに四つん這《ば》いになるように求めた。

『教祖様。小林さんの求めに応じてください』

静かだが、有無を言わせぬ口調で石黒がルナに命じた。

彼に支配されているルナにできたのは、その命令に従うことだけだった。

四つん這いになったルナの背後に小林が膝立《ひざ》ちになった。そして、ローションに塗れたルナの小さな尻を両手でがっちりと摑《つか》んで、腰を前後に荒々しく打ち振り始めた。

柔道着のような衣類を身につけたままだったが、男が始めたのは、まさしく、擬似的な性交だった。

男がルナの尻に下半身を打ちつけるたびに、体の脇に垂れた長い髪が激しく舞い乱れた。ルナは顔を歪め、両手でマットレスを握り締めていた。

男は石黒の許可を得ずに、勝手に行為をエスカレートさせた。腰を振り続けながらルナの胸に手を伸ばし、前後に揺れる小さな乳房を乱暴に揉《も》みしだいたのだ。

『あっ、いやっ……やめてっ……やめてくださいっ……』

ルナの口からそんな言葉が漏れた。

だが、教祖がやめて欲しいと訴えているにもかかわらず、小林は行為を続けた。それだけでなく、なおも腰を打ち振りながら髪を背後から摑んでルナの顔を無理やり自分のほうに向けさせ、唾液《だえき》に濡《ぬ》れたその唇に自分のそれを強引に重ね合わせた。

男が勝手にそんなことをしているというのに、石黒は何も警告を発しなかった。欲望に潤んだ目で、その猥褻《わいせつ》な行為を見つめていただけだった。

おぞましいイニシエーションは一時間ほどで終わった。

『月の中庭』から石黒と小林直純が姿を消した直後に、ルナは両手で顔を覆い、小さな声を漏らしながら啜《すす》り泣き始めた。

龍之介は思わずパソコンから顔を背けた。

15.

龍之介は教会内で行われる幹部たちの会議を、頻繁に盗み聞きしていたから、ルナには知らされていないさまざまなことを知っていた。

かつての龍之介は、腹立たしい思いを抱えながらも知らないフリを続けていた。だが、もし今後も、龍之介が何もせずにいたら、恐ろしい破局がやってくるはずだった。

今、先頭に立って教団を糾弾しているのは、人権派弁護士の溝口光昭だった。石黒たちにとって、溝口弁護士は目の上のたん瘤《こぶ》のような存在だった。

石黒は、溝口弁護士の主張はすべてが根拠のない言いがかりだと言って、平静を装っていた。だが、その心の中には、怒りと憎しみが渦巻いているに違いなかった。

そして、たぶん……いや、間違いなく、石黒は暴力的な手段を使って、秘密裏に溝口弁護士を抹殺しようとするはずだった。

ごく限られた者しか知らないことだったが、教団の幹部信者は一年ほど前に、支援者らとともに教団を糾弾していた男性の家に力ずくで押し入った。そして、その場で男性とその元妻・小学生の娘の三人を殺害し、三つの遺体を車に押し込んで茨城県の山中に運び、そこに穴を掘って埋めていた。

龍之介はそれを知っていたが、ルナは何も知らないはずだった。


殺された男の名は寺島裕一《てらじまゆういち》、元妻は和美《かずみ》、娘は優樹菜《ゆきな》といった。

当時、四十歳だった寺島裕一は、教団の信者だった三歳下の弟を脱会させるために、支援者らとともに声を張り上げていた。

寺島の弟の賢治《けんじ》は、今から二年ほど前に教団に入信した。月の神への信仰心からではなく、美しい女性教祖が彼の目的だった。

寺島賢治は多額の献金をすることで、教団内でのステージを急激に上げていった。彼は惜しみなく献金を続け、二度にわたってルナの背の刺青《いれずみ》を目にしただけでなく、兄が殺される三ヶ月ほど前にはあの破廉恥なイニシエーションを体験していた。

寺島賢治は自動車部品工場で働く派遣労働者だった。勤務態度は真面目だったというが、派遣会社から支払われる報酬は多くはなかったはずだった。だが、ルナに入れ込んだ彼は、多額の金を複数の金融機関から借入れて高額の献金を続けた。

もう貸してくれる金融機関がなくなると、彼は兄や両親に借金をせがみ、さらには闇金と呼ばれるようなところにも手を出した。

そんな寺島賢治を、「素晴らしい信仰心だ」と言って石黒は優遇した。そして、このままのペースで献金を続ければ、最高幹部になれるだろうとそそのかした。

だが、その時にはすでに、寺島賢治にはそれを続ける余力はなくなっていた。万策尽きた彼は、両親の留守中に実家に忍び込んだ。そして、実家にあった現金や貴金属だけではなく、金庫に保管されていた預金通帳や印鑑まで盗み出し、それによって手にした金のほぼ全額を教団に献金していた。

弟のしたことを知った寺島賢治の兄、裕一は、支援者らの力を借りて弟を脱会させるための説得にあたった。だが、弟を説き伏せることはできなかった。

当時、寺島賢治の頭の中にあったのは女性教祖だけだった。石黒は賢治を、教祖はとても喜んでいて、このままさらに献金を続ければ、教祖から特別な寵愛《ちょうあい》を受けられるだろうとそそのかしていた。

弟の説得に失敗した裕一は、数人の支援者たちと教団に乗り込んできた。彼らは教会内の会議室で長時間にわたって激しい口論を繰り広げた。龍之介はその様子の一部始終を見ていたが、それはほとんど罵《のの》り合いだった。

結局、その話し合いは平行線に終わったが、寺島裕一が怒鳴り込んできたことに石黒は危機感を覚えた。寺島裕一は複数のマスコミを使って、賢治がどれだけの金を教団に毟《むし》り取られたかということを広く訴えようとしていた。

すでに教団にはいくつもの悪い噂が立っていて、新規の信者数は激減していた。脱会する者も増え続けていた。

石黒はすぐに五人の最高幹部を集めて会議を開いた。その会議で石黒は寺島裕一の殺害を提案し、同席した五人全員がその提案に同意した。

石黒たちはその後、さらに数回の会議を開き、寺島裕一の殺害方法と死体の処理方法、決行の日取りを決め、何度かにわたってその予行練習をした。

石黒たちが調べたところによると、両親から受け継いだ農業に従事していた寺島裕一は、高校の同級生だった妻と数年前に離婚し、埼玉県の郊外にひとりで暮らしていた。寺島の自宅は畑に囲まれた二階建ての一戸建てで、隣の家とはかなり離れていた。自宅の辺りには街灯もほとんどなく、住宅街からも離れていて、とても静かなところだった。

繰り返された会議で、寺島の家には副事務局長の伊藤和俊《いとうかずとし》、幹部信者の原田健一《はらだけんいち》と木村渉《きむらわたる》、飯塚裕也《いいづかゆうや》という四人が押し入ることが決定された。もうひとりの副事務局長である立花周平《しゅうへい》は、家の外で待機する予定だった。

龍之介はその会議の一部始終を盗み見、その時の映像や音声を保管していた。

幹部信者たちが寺島裕一の自宅に押し入ったのは、寺島が教団に乗り込んできてから半月ほどがすぎた日の深夜のことで、昼間から冷たい雨が降り続いていた。

龍之介は犯行現場を見ていない。だが、翌日の午前中に殺害と遺体の処理を終えて戻ってきた立花周平が、ほかの四人と一緒に、『ほぼ計画通りにいきました』と石黒に報告するのは聞いていた。

けれど、完全に計画通りにいったわけではなかった。

寺島裕一がひとりで住んでいたはずの自宅に、どういうわけか、その晩、別れた妻の和美と、十歳の娘の優樹菜がいたのだ。

家に押し入った四人は、室内に寺島以外の人物がいたことにひどく驚いた。だが、伊藤和俊のとっさの判断で、応援のために加わった立花周平と五人がかりで元妻と娘も殺害した。その殺害方法は、棍棒《こんぼう》を使って複数人で殴打して意識を失わせてから、首を絞めるという乱暴なものだった。

三人を殺したあと五人は、二台のレンタカーに分乗し、死体を茨城県内の山中に運んだ。そして、五人で手分けして、森の奥深くに大きな穴を掘り、三人の死体をそこに埋めた。

『まずいことには、ならないだろうな』

顔を強《こわ》ばらせた石黒が尋ね、疲れ切ったような顔をした立花が『はい。大丈夫です』と答えた。

やがてテレビや新聞のニュースで、寺島裕一とその元妻と娘が何者かによって自宅から連れ去られたことが報じられ始めた。

寺島裕一を支援していた者たちは、教団の犯行だと強く主張した。警察も何度か教団を訪れ、石黒たちに事情を聞いた。

だが、警察はついに、教団の犯行を立証することができず、一年がすぎた今も事件は解決していなかった。

『月神の会』は今、恐ろしい殺人者集団になろうとしていた。

いや、そうではない。教団はすでに、殺人者集団になってしまったのだ。そして、今後、さらなる殺人を続けることになるに違いないのだ。

それを止めることができるのは、龍之介だけだった。

けれど、勇気のない彼は、今になっても決断を下せないでいた。

16.

ルナの自室に仕掛けたカメラが、戻ってきた女主人の姿を捉《とら》えた。

モニター越しにさえ、ルナは憔悴《しょうすい》しきっているように見えた。

ルナは崩れ落ちるかのようにソファに腰を下ろし、両手で顔を覆い、華奢《きゃしゃ》な体を細かく震わせてまた啜《すす》り泣き始めた。部屋の各所に取りつけられたマイクが、呻《うめ》くようなその声を拾い上げた。

龍之介はスマートフォンに手を伸ばした。そして、何度も迷い、ためらいながらも、意を決してルナに電話を入れた。

あのイニシエーションの直後にルナに電話をしたことは、これまでには一度もなかった。電話をして慰めの言葉をかけたいと思ったことはあったけれど、そのたびにその衝動を抑え込んでいた。穢《けが》れた手で全身を撫《な》でまわされたルナは、誰とも話したくないだろうと考えてのことだった。

けれど、今夜はどうしても、放っておくことはできない気分だった。

耳に押し当てたスマートフォンから呼び出し音が聞こえた。ルナの部屋に設置した盗聴マイクも、着信音を拾い上げた。

鳴り続けるスマートフォンをルナが手に取った。だが、ルナはその電話に出ず、スマートフォンをすぐ脇に置いてしまった。

やはり、ルナは誰とも話したくないのだ。

龍之介は電話を切り、しばらく奥歯を嚙《か》み締めながらパソコンのモニターに映し出されているルナの姿を見つめた。

ルナはさらに五分ほど啜り泣き続けていた。だが、やがて再びスマートフォンを手に取ると、ほっそりとした長い指でその画面を操作し始めた。

その直後に、龍之介のスマートフォンが鳴り始めた。

「もしもし、ルナさん」

スマートフォンを握り締め、絞り出すかのように龍之介は言った。

『龍ちゃん、何か用？』

ルナが小さな声で尋ねた。モニターに映し出されたその目からは、今も涙が溢《あふ》れ続けていた。

「あの……ルナさんのことが心配で……それで、あの……」

スマートフォンをさらに強く握って龍之介は言った。

『大丈夫よ。心配することなんて何もないよ』

顔を歪《ゆが》めるようにしてルナが微笑んだ。潤んだ目から涙が流れ落ちた。涙でアイラインが溶けて、目の周りが真っ黒になっていた。

「でも、あの……」

『わたしは本当に大丈夫。あのイニシエーションはね、龍ちゃんが考えているほど大変じゃないの。どうってことはないのよ』

涙を手の甲で拭《ぬぐ》ってルナが答えた。

その顔を見れば、大丈夫でないことは一目瞭然《いちもくりょうぜん》だった。けれど、龍之介にできたのは、「それなら、いいんですけど」と言って頷《うなず》くことだけだった。

『心配してくれてありがとう』

再び笑みを浮かべたルナが言い、龍之介は唇を噛み締めてもう一度頷いた。

電話を切るとすぐに、ルナは部屋を出て行った。全身に塗られたローションを洗い流すために浴室に向かったのだろう。

映像の切り替え操作をして、入浴するルナの姿を覗《のぞ》き見ることは可能だった。だが、小林直純のえげつない行為を目にしたばかりの今は、とてもではないが、そんな気分にはなれなかった。泣きながら入浴するルナを覗くようなことをしたら……自分もあの下品な男と同じ、卑しい存在になってしまうような気がしたから。


龍之介は誰もいないルナの部屋を、長いあいだ見つめていた。そして、今夜こそは、保管してある十二年前の映像を、もう一度見てみようと決意した。

急に決めたのではない。以前から、いつか見なければならないとは考えていた。ただ、勇気がなくて、見ることができなかったのだ。

それはルナの母の自室に取りつけたカメラから送られてきた映像で、彼女の死体をルナが見つける八時間ほど前のものだった。

その映像には、ルナの母が命を失う、まさにその瞬間の生々しい様子が記録されていた。

十二年前に一度、ルナの母の死体が発見された日の夕刻に、龍之介はその映像を見ていた。けれど、それ以降は一度も見ていなかった。

ルナの母の部屋のカメラが捉えたのは、それほど恐ろしい映像だった。だが、あれから十二年がすぎた今、龍之介は再びそれを見ようと決意した。

そう。龍之介は決めたのだ。あの男がしたことを、これから自分もするのだ、と。

今夜のイニシエーションを見たからではない。その直前に、石黒が教会の地下室に五人の最高幹部を集めて開いた会議の録画映像を見たのが理由だった。それは耳を疑うような、惨《むご》たらしくおぞましい内容だった。

ふと思い立ち龍之介は机の引き出しの底に長いあいだ潜ませてあったDVDを取り出し、顔を強ばらせてドライブに押し込んだ。

17.

すぐにモニターに映像が映し出された。

ルナの母が命を失ったのは、十二年前の九月の夜、午後十一時を少しまわった時刻だった。

あの夜、ルナの母の部屋のドアを、龍之介の父が『俺だ。入るぞ』と言ってノックし、妻の返事を待たずにドアを開いた。

その時、ルナの母はベッドに身を横たえてファッション誌を眺めていた。灯《とも》されていたのは、サイドテーブルに置かれたシェードランプだけだった。

龍之介の自室の真上に位置する彼女の部屋は、龍之介の部屋の二倍の広さがあった。

あの晩の父はパジャマの上に、焦茶色のガウンをまとっていた。それは、自宅で寛《くつろ》いでいる時の父のいつもの姿だったが、ガウンのポケットのひとつが大きく膨らんでいた。

父がその部屋を訪れるのは珍しいことだった。夫婦ではあったけれど、彼らの関係はとうの昔に冷え切っていた。

『こんな時間に何の用？』

ベッドを出たルナの母が刺々《とげとげ》しい口調で訊《き》いた。気の強そうなその顔には、嫌悪の表情が浮かんでいた。

あの晩の陽菜は白くて薄いナイトドレスを身につけていた。彼女はいつも濃密な化粧を施していたが、就寝前のその顔には化粧っ気がなかった。

『うん。ルナのことで、ちょっと話したいことがあって……』

妻を見下ろすようにして父が言った。ルナの母は娘より少し背が低かった。

『わたしと別れて、あの子と結婚するとでも言うの？』

投げやりな口調で陽菜が言った。彼女は随分と前に、娘と夫の関係に気づいていたようだった。

『そこに座ってくれないか？』

父は室内にあった椅子を見つめた。広々とした義母の部屋には、欧州製の豪華なソファと、椅子とテーブルのセットが置かれていた。

『長い話はいやよ』

相変わらず、刺々しい口調で言うと、ルナの母が天井の明かりを灯してから、背もたれのない小さな椅子に腰を下ろした。

『いや、長くはならないよ』

そう言いながら、父が妻の背後に歩み寄った。

父がガウンのポケットから白いロープを取り出したのはその瞬間だった。

今、改めて映像を見ると、あの時、父が手にしていたナイロン製のロープの長さは一メートルほどだった。父は両手にぴったりとしたゴム製の手袋を嵌《は》めていた。

陽菜の背後に立った父は、その白いロープを素早く妻の首に巻きつけた。

その映像を見るのは二度目だったにもかかわらず、最初に見た時と同じように、龍之介は小さな悲鳴を上げた。

首にロープを巻かれた瞬間、陽菜が反射的に振り向いた。その顔には凄《すさ》まじい驚愕《きょうがく》の表情が浮かんでいた。

次の瞬間、父は一言も発しないまま、椅子に腰掛けた妻の首を真後ろから絞め上げた。

陽菜が腰を浮かせ、椅子が背後に倒れた。その音が静かな室内に響いた。

龍之介の部屋は真下に位置していたから、天井から響いたその音を、あの晩、彼はリアルタイムで耳にしていた。

椅子が倒れると同時に、陽菜も床に尻餅《しりもち》を突いた。

美しい顔を、驚きと恐怖で別人のように歪め、陽菜はロープを両手で握り締め、首に巻きつけられたそれを必死で解《ほど》こうとした。その顔が真っ赤に染まっていた。

父は力を緩めなかった。鬼のような形相を浮かべ、腕をぶるぶると震わせながら、足元の床で悶え苦しむ妻の首を絞め続けたのだ。

陽菜は何とか立ち上がろうとした。だが、父が後退《あとず》さり続けたから、どうしても立ち上がることができなかった。

さらに何度か、陽菜が呻《うめ》いた。マイクはその微《かす》かな声を捉《とら》えていた。だが、階下の龍之介には、その呻きは聞こえなかった。

ちょうどあの時、陽菜の部屋の真下にいた龍之介は、自分のベッドに横たわっていたと記憶している。眠ってはいなかったから、天井付近の暗がりをぼんやりと眺めていたのかもしれなかった。

奥歯を噛《か》み締めて、龍之介はモニターの映像を見つめ続けた。それが映画でもドラマでもなく、実際に起きたことなのだと思うと恐ろしくてたまらなかった。まして、人を殺そうとしているのは、自分の父なのだ。

一分ほどで、陽菜は動かなくなった。だが、父は力を緩めず、さらに長いあいだ、妻の首を絞め続けた。

ようやく腕の力を抜いた父は、ぐったりとなった妻を床に横たえた。そして、妻の胸に耳を押し当て、随分と長いあいだ、心臓の鼓動がないことを確かめていた。妻の心臓が鼓動を再開したら、また首を絞めるつもりだったのだろう。

やがて静かに顔を上げた父が、床に横たわった妻に言った。

『悪く思うな。お前は邪魔なんだ』

父の顔はたった今、人を殺したとは思えないほど平然としていた。

18.

父は死体をそこに残して、いったん妻の部屋から出て行った。

五分ほどして戻って来た父は、ゴム製の手袋を嵌めた手に白いロープを握っていた。

そう。父はかねて、その夜の殺人を計画し、そのロープを建物のどこかに隠しておいたのだ。

あとでわかったことだが、そのロープは庭師たちが使っている物置小屋に保管されていたもののようだった。警察の事情聴取で庭師たちがそれを証言した。物置小屋には鍵《かぎ》はなかったから、そこには誰でも出入りすることができた。

『奥様が物置小屋から持ち出したのだと思います』

庭師のひとりは警察にそう言った。

だが、ルナの母は物置小屋に足を踏み入れたことは一度もないはずだと、龍之介は確信していた。いつも着飾り、美しく装っていたルナの母と、埃《ほこり》だらけの物置小屋とは、あまりにも不釣り合いだった。

父がゴム製の手袋を嵌めていたのは、指紋の検出を恐れてのことだったのだろう。けれど、陽菜が自殺したのだと最初から断定していた警察は指紋の採取をしなかった。父は地元の名士であり、大勢の人々に好感を持たれている男だった。

陽菜の首には引っかき傷があった。抵抗した時にできた傷に違いなかった。

その傷は他殺を思わせるものだった。それにもかかわらず、警察官はその傷を、自ら首を吊《つ》った陽菜が絶命する直前に、もがいた時につけたものだと決めつけた。

長いロープを手にして戻ってきた父は、まず、ロープの中ほどをふたつ折にして小さな輪を作った。そして、その輪にロープの左右の端を通してから、そのことによってできた大きな輪の中に妻の頭を入れ、栗色の長い髪を輪の中から搔《か》き出した。

父は妻の首にできた赤黒いアザに、そのロープが重なるように調整していた。きっと検視を意識してのことだったのだろう。

その後の父は、妻の首を再び強く絞め上げ、ロープの端を握り締めたまま倒れた椅子を起こして天井の通風口の真下に移動させた。その時に、妻の死体もその椅子のすぐ近くに運んだ。

父は黙々と作業を続けていた。人を殺したばかりだというのに、その表情はいつもと少しも変わらなかった。

父はロープの端を握って椅子の上に立つと、頭上にある通風口の鉄格子にロープの両端を通した。そして、いったん椅子から降りて、床に倒れている妻の体を抱き起こし、今度はぐったりとしている妻を抱いたまま椅子の上に立った。ペディキュアが施された義母の爪先《つまさき》からは尿が滴り始めていた。

妻を抱いて椅子の上に立った父は、妻の足の位置がちょうど椅子の高さと同じになるように調整してから、そのロープの両端を解けないように鉄格子の付近で結び合わせた。

そのことによって、命を奪われた陽菜の体は、てるてる坊主のように天井からぶら下げられた。

非力な龍之介には、そんなことをするのは不可能だった。だが、体が大きくて力の強い父は、ひとりきりでそれを成し遂げた。

椅子から降りた父は、妻の足元の椅子をそっと蹴倒《けたお》した。

今度もその音を龍之介はリアルタイムで聞いていた。だが、あの時は少しも不審を抱かなかった。


それから八時間ほど、死体と化した陽菜は自室の天井の通風口からぶら下がり続け、母を朝食に呼びに来たルナによって発見された。

その映像を見るまでは、龍之介も陽菜は自殺したのだろうと考えていた。ましてや、父が殺したとは微塵《みじん》も考えていなかった。

あの朝、父はそれほど必死で妻の蘇生《そせい》を試みていたのだ。あの時は龍之介も、もしかしたら、父は妻を愛していたのかもしれない、と考えたほどだった。

だが、それは演技だった。妻の葬儀で目を潤ませたのも演技だったし、遺体が荼毘《だび》にふされる直前に棺《ひつぎ》に縋《すが》りついて号泣したのも演技だった。すべてが迫真のひとり芝居だったのだ。

その父はルナによって殺害された。自分が陽菜にしたのと同じように、白いナイロン製のロープで首を絞められて殺された。

まさに自業自得だった。

19.

龍之介がパソコンを操作し、目の前のモニターから映像が消えた。

ふと見ると、隣に置かれたパソコンには、自室に戻ってきたルナが映し出されていた。湯上りのルナは素肌にバスローブを身につけていた。

殺せるだろうか？　僕なんかに、人を殺すことができるのだろうか？

ルナを見つめて龍之介は自問した。

やらないという選択肢はなかった。

こんなにも祈っているというのに、月の神はルナを救い出せないのだ。だとしたら……自分がこの手で、やらなければならなかった。

その晩も、龍之介はマンションの十一階にある部屋の床に跪《ひざまず》き、目を閉じ、こうべを垂れて月の神に祈りを捧《ささ》げた。

心の中で、龍之介は月の神に語りかけた。

月の神様。なぜ、ルナさんを助けてくれないのですか？　あなたが救いの手を差し伸べてくれないのなら、代わりに僕がそれをしようと思います。僕に一言、やれと命じてください。一言だけでいいのです。そうしたら、僕は必ずやります。

床に跪いたまま、龍之介は月の神の声を待った。今夜こそは、自分もその神聖な声を聞けるのではないかと思っていた。

けれど、いつまで待っても、月の神の声は聞こえなかった。

プロミス・ユー・ザ・ムーン。

何の脈絡もなく、急にその言葉がまた頭をよぎった。

第三章

1.

石黒賢太郎はマンションの高層階にある自宅のダイニングルームで食事をしていた。その部屋はとても広々としていて、テーブルは何人もが座れるほど大きかった。だが、そこにいるのは、いつものように彼だけだった。

テーブルに並べられているのは、通いの家政婦が作っていった料理の数々だった。高級フランス料理店の厨房《ちゅうぼう》で働いたこともあるという家政婦の料理は、手が込んでいて、美味《おい》しいだけでなく、見た目も美しくて華やかだった。

けれど、ひとりきりでとる夕食は侘《わび》しいものだった。

今夜も妻の香織《かおり》は自宅にいた。だが、いつものように、賢太郎が帰宅した時にも妻は出迎えにも来なかった。

妻の部屋からは、テレビの音と子供に話しかけている香織の声が聞こえた。だが、賢太郎がドアの外から『ただいま』と声をかけた時も返事はなかった。

結婚して二年しか経っていないというのに、妻との仲は冷え切っていた。何か特別なことがあったというわけではない。だが、きっと、夫の心が自分に向いていないことを、香織は妊娠中から感じ取っていたのだろう。香織は頭のいい女ではなかったけれど、勘だけは恐ろしく鋭かった。だからこそ、出産してすぐに『月神の会』を退会してしまったのだろう。

もちろん、妻の勘は正しかった。思いがけず妊娠してしまったから結婚することにしたけれど、賢太郎の心はずっと、ひとりの女だけに向いていたのだから。

賢太郎は結婚する時に購入した横浜の豪華なマンションの上層階に住んでいる。5LDKのその部屋に、十五歳年下の妻の香織と、少し前に一歳になった娘の早紀《さき》の三人で暮らしている。

そう。今は確かに三人で住んでいる。だが、近い将来、香織は早紀を連れて出ていくのだろう。あるいは、賢太郎に出て行ってくれと言い出すのだろう。

妻との仲がどうなろうと構わなかった。香織は美貌《びぼう》の持ち主だったし、若くてスタイルも抜群で、色気もあったけれど、賢太郎が愛したことは一度もなかった。

石黒賢太郎は三十七歳。東京の西に位置する街で生まれ、その街にある閑静な住宅街に建つ家で育った。

賢太郎の父は名古屋に本社のある自動車メーカーに勤務していた。母は主婦業の傍ら、自宅で子供たちに英会話を教えていた。賢太郎も幼稚園に通っていた頃から母に英語を習っていた。

父もまた英語が堪能《たんのう》だった。祖父の仕事の関係で幼少期をアメリカですごした父は、レディファーストを信条にしていて、賢太郎にも、どんな時でも女性には優しく接するようにと言い聞かせていた。

父は母に家事を押しつけるようなことは決してせず、休日には率先して買い物に行き、献立を考えて料理をし、家の中を隅々まで掃除し、洗濯物にアイロンをかけた。

父は賢太郎にも、自分のことは自分でやるようにと、口を酸っぱくして言い続けていた。夕食の食器を洗うのは、小学生だった頃から賢太郎の仕事だった。

賢太郎は活発で、覇気のある子供だった。ハンサムで、明るくて、人を笑わせるのが好きだったから、昔から友人が多かった。

都内の有名私立大学を卒業した賢太郎は、ゼミの先輩に勧められて大手家電メーカーに就職した。事務処理能力が高く、頭の回転が速く、英語が堪能な賢太郎は、どんな仕事もそつなくこなした。仕事が早くて正確で、人当たりもよかったから、顧客たちだけでなく、同僚や部下には慕われていたし、上司からも可愛がられていた。

賢太郎の両親は、そんな息子が充実した日々を送っていると考えていたようだった。家でも外でも、彼は笑みを絶やさず、機嫌よくしていたからだ。

けれど、それは微笑みの仮面だった。日々の生活で賢太郎が充実感を覚えることはなかった。仕事に喜びや、やり甲斐《がい》を感じることもなかった。

会社員としての毎日は平凡で、ありきたりで、退屈だった。彼は会社の歯車のひとつで、その歯車が壊れたら、別の歯車に取り替えればいいというだけのことだった。

幼い頃に賢太郎が思い描いていた未来の自分の暮らしは、一般的な人たちとはまったく違うものだった。もっとスリリングで、もっとドラマティックで、もっとわくわくする生活だった。

一度きりの人生を、こんなふうに終わらせるのは嫌だ。

会社員として忙しい毎日をすごしながら、賢太郎はずっとそう考えていた。

2.

そんな賢太郎が『月神の会』を知ったのは、七年前、三十歳の時だった。

当時、教団は設立されたばかりで、信者は数十人しかいなかった。だが、その教団を率いる女性教祖が美しいという理由から、ネット上ではかなり評判になっていた。冷やかし半分で教団を訪れた者が撮影した、教祖の動画や静止画を見ることもできた。

現在は許可を受けた者以外は、教団内部での撮影や録音は禁じられている。だが、あの頃は誰でも自由に教祖を撮影することができたし、説教を録音することもできた。

モニター越しに見る女性教祖は、賢太郎の目にも極めて美しく映った。神秘的にも感じられた。

この女は本当に、自分を月の神の妻だと思っているのだろうか？　いや、たぶん、金集めのために出まかせを言っているだけに違いない。

当初、賢太郎はそう思っていた。月の神の妻を名乗る女の存在は、怪しくて、いかがわしいものに感じられたのだ。

それにもかかわらず、その女を実際に見てみたいという気持ちから、賢太郎は教団に出向いてみることに決めた。


月の神を崇《あが》めるその団体では、満月の夜ごとに、教会内の集会場で儀式が行われていた。その儀式を見学するために、賢太郎が丘の上に聳《そび》える教会を訪れたのは、赤みがかった大きな月が、東の空に浮かび上がった時刻だった。

当時は信者でなくとも、その儀式を無料で見学できることになっていたから、あの晩も、美しい教祖をひと目見ようという興味本位の者たちが十人ほど来ていた。

あの夜、『月の中庭』に足を踏み入れた賢太郎は、初めてその女の姿をじかに見た。

神聖な儀式はすでに始まっていて、飾り気のない白いワンピースを身につけた女は、信者たちに教団の教えを説いていた。

ヘアスタイルは今と同じだったけれど、あの夜の女の顔には、ほとんど化粧が施されていなかった。踵《かかと》の高いパンプスも履いていなかったし、真珠のピアスも身につけていなかった。

今とは違って、女の爪は短く切り詰められていて、エナメルも塗られていなかった。

あの夜、女が身につけていた白いワンピースも、今に比べると質素なものだった。

だが、すらりとしたその女の美しい姿を目にし、よく通るその声を耳にした瞬間、賢太郎は雷に打たれたかのような衝撃を受けた。単なる比喩《ひゆ》ではなく、本当に心と体がぶるぶる震えた。

背筋を伸ばして直立し、真剣な表情で教えを説いている女は光り輝いていた。月のようにではなく、太陽のように、自らが光を放っていた。

決して錯覚ではなく、その女が放っている光を、賢太郎は間違いなく目撃した。

『月の神には何も求めてはいけません。月の神はみなさんに何も与えてはくれません。それでも祈るのです。謙虚にこうべを垂れ、自分の心に向き合って祈るのです』

女の美しい声が、賢太郎の耳に届いた。

そして、その瞬間、人生が変わった。

『月神の会』には、光り輝く女性教祖がいた。

そう。ルナだ。

そのルナのために、賢太郎は残りの人生を捧《ささ》げようと決意した。光り輝く女に仕えることで、自分も輝けるはずだと考えたのだ。

もしかしたらあれを、一目《ひとめ》惚《ぼ》れと呼ぶのかもしれなかった。

3.

すぐに賢太郎は『月神の会』の信者になり、集会には必ず出向くようになった。それだけでなく、教団のスタッフとして行事の手伝いをするようになった。

その頃の賢太郎は、教団を支配してやろうなどとは少しも考えていなかった。光り輝く教祖のそばにいて、その力になりたいと純粋に考えていただけだった。

当時、教団は信者からの献金を受けていたが、決められた会費のようなものはなかった。払える人が払えるだけの金を出せばいい、というのが教祖の考えだった。

教祖が本当に純粋で、心の綺麗《きれい》な女なのだということを賢太郎は確信した。だからこそ、自分も教祖のように純粋にならなければならないと思った。

その思いは教祖にも伝わったようで、すぐに彼女は賢太郎に重要な多くの仕事を任せてくれるようになった。さらに、その数ヶ月後には、教団の事務局を取り仕切ってくれないかと持ちかけられた。

そのことが、賢太郎を歓喜させた。

事務局長としての職務に専念するために、賢太郎は九年近く勤務した会社を辞めた。当時の彼は実家で暮らしていたのだが、教団のすぐ近くにアパートを借りて、そこで寝起きすることにした。

息子が『月神の会』の信者になったことと、会社を辞めたことを知らされた両親は、ひどく驚き、猛反対した。

だが、賢太郎は耳を貸さなかった。


教祖の期待に応《こた》えたい。

そう考えた賢太郎は、教団の教えを日本中に、いや、全世界に広めようと躍起になった。信者の数を増やすというのは、教祖も望んでいたことだったから、あの頃、ふたりは同じ方向を向いていた。

当時の教団は、教祖の美貌《びぼう》を売り物にはしていなかった。だが、事務局長になった賢太郎は、それを前面に押し出して宣伝していこうと考えた。

教祖は奥ゆかしい性格だったから、賢太郎の提案にためらった様子を見せた。けれど、賢太郎は譲らなかった。美しくて神秘的な教祖の存在は、多くの信者を獲得していく上で欠かせないものだと考えたからだった。

「僕に任せてください。お願いします」

賢太郎が頭を下げ、教祖は渋々といった顔をしながらもその提案に同意した。

すぐに賢太郎はプロのカメラマンを雇い、儀式が行われるたびにそれを撮影させた。そして、その画像や映像をネット上に拡散させることで、美しい女性教祖が率いる教団の存在を、全世界にアピールし始めた。

さらには、賢太郎は教団内に出版部を設立させ、説教する教祖の様子を撮影したDVDなどを販売した。教団の教えをまとめた冊子も作って販売した。冊子には教祖の写真もふんだんに掲載した。

人々の目に教祖がより美しく、より神秘的に映るようにと、賢太郎は教祖の顔に濃い化粧を施させた。それだけでなく、腕や肩が剝《む》き出しになるワンピースを身につけさせ、踵の高いパンプスを履かせた。手足の爪にも、真珠色をしたエナメルを塗らせた。

教祖はやはりためらっていたが、賢太郎に「僕を信じてください」と強く言われて、その言葉に従った。

賢太郎の狙い通り、教祖を美しく飾り立てることによって、信者の数はそれまでとは比べ物にならないほど増えていった。DVDや冊子の売り上げも好調だった。

信者数が増えると同時に、『月神の会』をいかがわしい宗教団体だと批判する人たちも増加していった。だが、それは予想の範囲内だった。

教祖は信者が増加し続けていることを喜ぶ半面、教団に批判的な人々が増えていることを気にしていた。

「わたしは目立ちたくないんです。ただ、月の神の教えを広めたいだけなんです」

美しい顔を悩ましげに歪《ゆが》めて教祖が言った。

けれど、賢太郎は方針を転換しなかった。

「出る杭《くい》は打たれます。成長していく過程で叩《たた》かれるのは、ある程度はしかたのないことです」

強い口調で賢太郎が言い、教祖は困ったような顔をしながらも頷《うなず》いた。

今でこそ、教団は信者から多額の金を吸い上げている。だが、あの頃の賢太郎は、強引に金を集めるようなことはしていなかった。

そんなことは、教祖が許さなかったからだ。


初めて教祖を目にした時から、賢太郎は彼女に性的関心を抱いてはいた。けれど、そんな素振りは決して見せないようにしていた。

教祖に嫌われたくなかった。彼女の信頼を失いたくなかった。

四年前まで、賢太郎は教祖が強く反対することはしなかった。もちろん、教祖の血液を入れたと偽ったワインなど販売しなかったし、信者に金を払わせて教祖と一対一で接見させるようなこともしなかった。

当時の賢太郎は教祖のしもべだったし、しもべであることに心から満足していた。そう。あの頃の賢太郎は、会社員だった頃には得られなかった、心からのやり甲斐《がい》と充足感を覚えていたのだ。

だが、四年前の初秋の朝に、教祖が管理する薔薇《ばら》園を歩いていた時に、そのすべてが変わった。秋の朝日に照らされて咲く、色とりどりの薔薇を眺めていた時に……いや、ふと足元に目を落とした時に、何もかもが変わった。

4.

あの日は満月の夜の神聖な儀式が行われることになっていた。事務局長の賢太郎は、その儀式に備えて早朝に自宅アパートを出て教会へと向かった。

あの頃はまだ、運営スタッフは少人数だったから、神聖な儀式が行われる日は朝から忙しかったのだ。

九月になったとはいえ、朝の日差しは強烈だった。明け方はまだ涼しかったが、時間とともに気温はぐんぐん上がっていった。ほとんど毎日、やって来る庭師たちは、その時間にはまだ到着していなかった。

教会に入る前に、賢太郎は教祖が暮らしている大邸宅へと向かった。朝の挨拶《あいさつ》をしようと思ったのだ。

教祖が住む巨大な洋館は教会のすぐ隣にあった。その建物に近づいていくと、たくさんの薔薇が咲いているのが目に入った。

入ってみたことはなかったけれど、洋館の南側に薔薇園があることは知っていた。いずれにしても、賢太郎は花に興味はなかったから、あの朝も薔薇園からはすぐに視線を逸《そ》らし、洋館の玄関に向かって歩き続けた。

だが、その時、風が吹いた。

そう。風だ。その風が、薔薇の香りを運んできたのだ。

いいにおいだな。

足を止めて、賢太郎はそう思った。そして、その香りを嗅《か》ぐために踵《きびす》を返し、薔薇園に初めて足を踏み入れた。花の香りを『いいにおい』だと思ったのは初めてだった。

教祖が自身の手で定期的に肥料を施し、消毒し、剪定《せんてい》をしている薔薇園は管理が行き届いていた。

あの香りはどの花のものなのだろう?

そんなことを思いながら、賢太郎は薔薇園を歩いた。時には足を止めて、花に顔を近づけて香りを嗅いだ。

薔薇の根元付近に『それ』を見つけたのは、薔薇園の奥に来た時だった。

『それ』は何者かによって掘り起こされたばかりの地面から露出していた。最初は何なのか、よくわからなかった。だが、その場にしゃがんでよく見ると、白かったらしい汚れた布と、動物の骨の一部のようにも思われた。

どうやら、地中に埋められていた『それ』を、何かの動物が掘り起こそうとしたようだった。

教会と教祖が暮らす洋館は、丘の上に建っていた。その丘の周りは閑静な住宅街だったけれど、付近にはアナグマが生息していた。敷地内でその姿を目にしたこともあった。たぶん、そのアナグマが地中にある『それ』を察知して、その場を掘り起こしたのだろう。

こんなところに、何の骨が埋められていたのだろう？

賢太郎は首を傾げながらも、自分の手で『それ』を掘り起こしてみようと思った。彼は昔から、気になったことは、とことん確かめないと気が済まない性格だった。

敷地内には庭師が使っている物置小屋があり、そこにスコップがあることは知っていた。

そのスコップを手に戻った賢太郎は、『それ』が何なのかを確かめるために地面を掘り始めた。

二十分ほどで、地中に埋められていた『それ』が、シーツにくるまれていたらしい人の死体だということがわかった。

いや、そうではない。あの時には、『それ』が何なのか、まだはっきりとはわからなかった。だが、自分が掘り起こした『それ』が、犬や猫の死体ではないことは明らかだった。

掘り起こした『それ』をその場に残し、賢太郎は足早に洋館へと向かった。教祖に報告しなければならないと考えたのだ。

5.

洋館を訪れた賢太郎を、教祖が玄関で出迎えてくれた。

信者の前に立つ時の彼女は、白くて洒落《しゃれ》たノースリーブのワンピースを身につけた。だが、あの朝は白いタンクトップに、ぶかぶかしたジーンズという恰好《かっこう》をしていた。

賢太郎の話を聞いた瞬間、教祖の顔色が変わった。彼女のそんな顔を目にしたのは初めてだった。

「教祖は……何かご存じなんですか？」

引き攣《つ》っている教祖の顔を覗《のぞ》き込むように見つめて賢太郎は尋ねた。

教祖はすぐには返事をしなかった。だが、彼女が動揺しているのは明らかだった。

「僕には人骨のように思われます。とにかく、警察に通報しましょう」

うろたえているらしい教祖に、賢太郎はそう提案した。それが人骨であるならば、黙っているという選択肢はなかった。

「待ってください、石黒さん。あの……ちょっと話したいことがあるんで、あの……わたしの部屋に……いらしていただけませんか？」

あの朝、顔を強《こわ》ばらせた教祖が、声を震わせてそう言った。


教祖の部屋に足を踏み入れたのは初めてだった。

巨大な洋館の二階、西の外れに位置する彼女の部屋は、窓が大きくて、とても広くて、清潔で、リゾートホテルの一室のようだった。部屋には四本の柱が天蓋《てんがい》を支えている巨大なベッドがあり、高価そうなテーブルのセットと、洒落たソファのセットが置かれていた。部屋のあちらこちらにある花瓶では、色とりどりの美しい薔薇が花を広げていた。

体を震わせ続けながらも、教祖は膝《ひざ》を揃えてソファに姿勢よく腰を下ろした。賢太郎は彼女と向き合うようにソファに座った。

「あれは人の死体ですね？　誰の死体なんです？　教祖はご存じなんですよね？」

美しい顔に怯《おび》えた表情を張りつかせている教祖に、賢太郎は立て続けに質問をした。

教祖は返事をしなかった。怯えた顔をして唇を嚙《か》み締めているだけだった。

あの朝の教祖の顔には、まだ化粧が施されていなかった。それにもかかわらず、その顔は目を離せなくなるほどに美しかった。

「警察に通報するべきです。人骨だとしたら、黙っていることはできません」

賢太郎はソファから身を乗り出し、目の前の教祖の顔を見つめた。

「石黒さん、あの……警察には……通報しないでください」

怯えた顔の教祖が、縋《すが》るような口調で言った。

「教祖は何か知っているんですね？　だったら話してください。僕を信頼して、すべてを打ち明けてください。僕は教祖の味方です」

教祖のほうに身を乗り出し、さらに真剣な口調で賢太郎は言った。

あの時はまだ、彼は教祖の側に立っていた。教祖の忠実なしもべとして、純粋すぎるほど純粋な彼女を守りたい一心だったのだ。

賢太郎の言葉を耳にした教祖が小さく頷《うなず》いた。そして、ルージュの塗られていない唇を静かに動かし、小さな声で賢太郎に告げた。

「あれは、わたしが……わたしが殺した……義理の父の死体です」

女の口から予想もしなかった言葉が飛び出し、賢太郎はカッと目を見開いた。

6.

今から四年前の秋の朝、女は賢太郎にすべてを打ち明けた。

彼女が義父を殺害して薔薇《ばら》園に埋めたのは、そのさらに三年前、『月神の会』を設立する少し前のことで、彼女は二十五歳だった。

女は打ち明けた。母の再婚によって義父となった男から、自分がどれほど長期にわたって性暴力を受け続けていたかということを……その男を、いつ、どんなふうに殺害したかということを……義理の娘の手で殺された男の死体を、どんなふうに薔薇園に運び、どんなふうに埋めたかということを……女は打ち明けた。美しい顔を苦しげに歪《ゆが》め、声を震わせ、時折、ハンカチで目頭を押さえ、声を詰まらせながら長い時間をかけて打ち明けた。義父が呼びつけた刺青《いれずみ》師によって、自分の背に観世音菩薩の刺青が彫られたということまでをも打ち明けた。

女の口から出たすべてのことが賢太郎を驚かせた。

女が告白を続けているあいだ、賢太郎はほとんど口を挟まず、苦痛に歪んだその顔を見つめていた。

「教祖は義理の父親から、そんなひどいことをされていたんですね？　あの……心から同情いたします。教祖、ほかに隠していることはありませんか？」

女が話を終えるのを待って、賢太郎は言葉を選ぶようにしてそう尋ねた。

「隠し事は、もうありません……これがすべてです」

ハンカチを握りしめた女が、赤くなった目で賢太郎を見つめた。

「教祖は長いあいだ……辛《つら》い思いをしてこられたんですね」

優しい口調で賢太郎が言い、女が無言で頷いた。その目から一筋の涙が流れ落ちた。

賢太郎は腕組みをし、慕い続けてきた女を見つめ返した。予想もしなかったこの事態に、どのように対応するべきなのかを考えていたのだ。

長い沈黙のあとで、賢太郎はようやく口を開いた。

「このことを知っている人は、ほかに誰かいますか？」

「いいえ。誰も……知らないと思います」

「龍之介くんは気づいていないんですか？」

気の弱そうな女の義弟の顔を思い浮かべて賢太郎は尋ねた。

「知らない……と思います。でも……もしかしたら、わたしが義父から性暴力を受けていたことには気づいていたかもしれません。以前は、わたしたち、同じ家にいましたから」

視線をさまよわせながら女が答え、賢太郎は黙って頷いた。

また長い沈黙の時間があった。そのあいだずっと、女は縋るような目で賢太郎を見つめていた。

女のそんな顔を見ているうちに、ついさっきまでは微塵《みじん》もなかった期待が、突如として、賢太郎の体の中に湧き上がってきた。

そう。期待だ。目の前にいる美しい女を、この自分が支配できるのではないかという……この女を服従させ、自分の足元にひれ伏させることができるのではないかという……どす黒くて、どろどろとした期待だ。

もしかしたら、目の前の女と、急成長を続ける教団を、自分のものにできるのではないか……その時、初めて賢太郎はそう考えた。

支配したい。この女を……『月神の会』を……支配したい。

その思いが、賢太郎の中で、ガスを吹き込まれた風船のように激しく膨らみ続けた。

そして、その瞬間、目の前で顔を歪めているのは、教祖ではなく、美しくて色気のあるひとりの女へと変わった。

「教祖……やっぱり、通報しないわけにはいきません。隠しておくのは犯罪です」

難しい顔をして賢太郎は言った。

「ああっ、石黒さん……それだけは……どうか、それだけは……しないでください……お願いです……お願いです……」

さらに苦しげに顔を歪めた女が、縋るように『お願い』という言葉を繰り返した。切れ長の目から涙が溢《あふ》れ、滑らかな頬を流れ落ちていくのが見えた。

「確かに、警察に通報したら、教祖は逮捕されることになります。たとえ、理由がどうあろうと、『月神の会』は解散することになるでしょう。教団がなくなってしまうのは、僕にとっても非常に残念なことです」

淡々とした口調で賢太郎は言葉を続けた。「僕は法律に詳しくありませんが、義父が長年にわたって続けてきた性暴力がわかれば、裁判官は教祖に同情してくれると思います。でも……死体を勝手に埋めてしまったことや、三年ものあいだ、それを隠していたということを考え合わせれば、やはり……重い罪は免れないでしょう」

賢太郎の言葉を耳にした女の顔に、一段と強い怯えの色が浮かび上がった。

「ああっ、石黒さん、わたしを……わたしを助けてください」

悩ましげに顔を歪めた女が、声を震わせて訴えた。

そんな女の顔を、賢太郎は官能的だと思った。力ずくで義父に押さえ込まれていた時には、きっとこんな顔をしていたのだろう、と。

「黙っていることは犯罪です。教祖は共犯者になれと、僕に言うんですか？」

毅然《きぜん》とした表情を作って賢太郎は言った。

女は返事をしなかった。涙を流して身を震わせるだけだった。

7.

さっきよりさらに長い沈黙があった。その沈黙を破ったのは賢太郎だった。

「このことが警察に知れたら、僕自身も罪に問われることになります。もしかしたら、僕も実刑判決を受けることになるかもしれません。教祖は僕に、その危険を負えとおっしゃるんですね？」

目の前にいる女の表情を慎重に窺《うかが》いながら、静かな口調で賢太郎は言った。

勝負の時だった。賢太郎が慎重になったのは、しかたのないことだった。

「あの……石黒さん……もし、黙っていてくださるなら、あの……わたしは……」

賢太郎は女の口から出る次の言葉を待った。だが、それっきり、女はまた口をつぐんでしまった。

「わかりました。僕は共犯者になります。教祖の犯罪に手を貸します」

「石黒さん、それは……本当ですか？」

女の顔に微《かす》かな喜びの表情が表れた。

「その代わり……条件があります」

自分の口から出る言葉のひとつひとつを確かめながら賢太郎は言った。

「条件……ですか？」

またしても、女が縋るような目で賢太郎を見つめた。

「そうです。殺人の共犯者になるんですからね」

「石黒さん、それは、あの……どんな条件なのでしょう？」

女の顔から喜びが消え、道に迷った子供のような表情が浮かんだ。

「僕はきょうまで、教祖のしもべとして忠実に仕えてきました。ほかの誰よりも教祖のために、そして、教団の発展のために尽くしてきました」

「はい。石黒さんには……感謝しかありません」

潤んだ目で賢太郎を見つめた女が、おずおずとした口調で言った。

賢太郎は唇を一文字に結んで静かに頷《うなず》いた。そして、十秒ほどの沈黙のあとで、さっきからずっと考えてきた勝負の言葉をいよいよ口にした。

「でも、今からは、教祖、あなたが僕のしもべになってください」

賢太郎は真剣な表情を浮かべて女を見つめ返した。

「えっ？　あの……わたしが、あの……石黒さんの……しもべに……なるんですか？」

女の顔に、さらに不安そうな表情が浮かび上がった。「石黒さん、それは、あの……冗談ですよね？」

その不安げな女の顔が、賢太郎の中に潜んでいたらしい、サディスティックな欲望を呼び起こした。

そう。おどおどとしている女の顔を見ているうちに、今まで師と崇《あが》めていたその女を、『踏みにじってやりたい』という、これまでは考えもしなかった新たな欲望が体内に急速に広がっていったのだ。

「冗談ではありません。教祖は僕のしもべになり、僕が下したすべての命令に従うんです。あなたが義理の父親にしていたように、どんな命令にも逆らわず、素直に従うんです。それが殺人の共犯者になる条件です」

毅然とした口調で賢太郎は言った。

「そんな……そんな……」

女が顔を強《こわ》ばらせ、涙に潤んだ目をいっぱいに見開いた。賢太郎の出した条件は、受け入れ難いものに違いなかった。

「イエスですか？　それとも、ノーですか？　教祖の答えを聞かせてください。その答え次第では、僕は今すぐ警察に通報します」

そう言葉を続けると、賢太郎はポケットからスマートフォンを取り出した。

「ああっ、待って……待ってください」

女がソファから身を乗り出した。

「イエスですか？　ノーですか？　ノーなら今すぐ通報します」

そう言いながら、賢太郎は早くもスマートフォンの操作を始めた。

「やめてくださいっ！　電話はしないでくださいっ！」

賢太郎のほうに右手を伸ばして女が訴えた。引き攣《つ》った女の顔には必死の形相が浮き上がっていた。

「イエスなのか？　ノーなのか？　今すぐに答えなさい」

指を動かすのをやめて、賢太郎は女に挑むような視線を投げかけた。

「イエスです。わたしは、石黒さんの……あの……しもべに……なります」

女が声を震わせて答え、賢太郎の賭《か》けは大勝利で終わった。

8.

スマートフォンをポケットに戻してから、賢太郎は涙に潤んだ女の目を見つめた。

「教祖、あなたは十五歳の時から十年にわたって義父の命令に従い、性の奴隷として暮らしてきた。そうでしたよね？」

賢太郎が言い、怯《おび》えた顔の女が無言で頷いた。

「今からはこの僕が、あなたの義父の役割を引き継ぎます」

自分のしもべへと変わった女に、有無を言わせぬ口調で賢太郎は言った。

「待ってください、石黒さん。わたしは……」

そんな女の言葉を遮るようにして、賢太郎は最初の命令を下した。

「裸になれ、ルナ。今すぐに、俺にお前のすべてを見せるんだ」

口調を一変させて賢太郎は命じた。その女を『ルナ』と呼び捨てにしたのも、彼女の前で『俺』と口にしたのも初めてだった。

女の顔に驚きと怯えの表情が浮かんだ。

「待って、石黒さん。待ってください。いきなり……何を言うんです？」

「同じことを何度も言わせるな。裸になれ。さもないと、今すぐ警察に通報するぞ」

強い口調でそう言うと、賢太郎はまたスマートフォンを取り出した。

「待ってください、石黒さん……わかりました……言われた通りにします」

喘《あえ》ぐかのように女が言った。切れ長の目から、またしても涙が溢《あふ》れ出た。

賢太郎は満足して頷いた。精悍《せいかん》なその顔には、勝利者の表情が浮かんでいた。

「さあ、ルナ。ストリップショーを始めなさい」

賢太郎が命じ、女が震えながらタンクトップの裾《すそ》を摑《つか》み、痩《や》せた体を捩《よじ》るようにしてゆっくりとそれを脱いだ。

タンクトップの下に、女は白いブラジャーをつけていた。飾り気のない、白い木綿のブラジャーだった。浮き出た鎖骨が、ワインを注ぎ入れられるほど深い窪《くぼ》みを作っていた。

「これで、許してください……お願いします。これだけで、もう許してください」

脱いだタンクトップを握り締めた女が眉《まゆ》を寄せて訴えた。

「ルナ、裸になれ。言われた通りにしろ」

横柄な口調で賢太郎は女に命じた。

俺は今、教祖に無茶な命令を下しているんだ。今朝まで慕ってきた教祖を支配しようとしているんだ。

賢太郎の全身にサディスティックな感情が広がっていった。

女が手にしたタンクトップを床に力なく落とした。そして、ジーパンのベルトを外し、細い指でファスナーを引き下ろし、ほんの少しためらってから腰を折り屈《かが》めてそれを脱ぎ捨てた。

　ジーパンの下から現れたのは、やはり飾り気のない、白い木綿のショーツだった。

　初めて目にする女の脚は引き締まっていて、子鹿のように細くて長かった。腿《もも》と腿の隙間から向こう側の壁が見えた。骨張った膝《ひざ》は、幼い男の子のようだった。ショーツの両脇には、尖《とが》った腰骨が突き出していた。

「もう許してください。これだけで……これだけで、勘弁してください」

　下着姿になった女が顔を歪《ゆが》めて訴えた。

「続けろ、ルナ。全裸になるんだ。同じことを何度も言わせるな」

　冷酷な口調で賢太郎が命じ、諦《あきら》めたかのように女が背に腕をまわした。そして、ブラジャーのホックを外し、ストラップから細い二本の腕を抜き、白い木綿のそれをそっと胸から取り除いた。

　賢太郎はいっぱいに目を見開いた。

　初めて目にする女の乳房は小さかったが、形よく張り詰めて上を向いていた。

「もう無理です……これ以上はできません……石黒さん、これだけで許してください。お願いですから……もう勘弁してください」

　女が声を震わせて賢太郎を見つめた。

「何度言わせたら気が済むんだ？　俺はお前に、全裸になれと言ったんだっ！」

　賢太郎は声を凄《すご》ませた。

その剣幕に気圧《けお》されたかのように、女がショーツの両脇に手を伸ばした。そして、小さなそれを静かに引き下げ、腰を屈めて足元に脱ぎ捨てた。

女の股間《こかん》には性毛が生えていなかった。それは思春期前の少女のようだった。

おそらく、義父に強いられて脱毛したのだろう。義理の娘の背中に刺青《いれずみ》を彫った男が、いかにもやりそうなことだった。

「よし、ルナ。背筋を伸ばしてそこに立て。お前のすべてを、この俺に見せてくれ」

その言葉に今度は素直に従い、女は両腕を体の脇にだらりと垂らして直立した。

『月神の会』を率いてきた女性教祖は、新体操選手やバレリーナのような肉体の持ち主だった。その体は隅々まで引き締まっていて、薄い皮膚の下には贅肉《ぜいにく》と呼ぶべきものがいっさいついていなかった。

「スタイルがいいんだな。こんなに綺麗《きれい》な体の女を目にしたのは、生まれて初めてかもしれない」

全裸の女を見つめたまま、賢太郎はポケットの中のスマートフォンに触れた。教祖と崇めてきた女のヌードを撮影しようかと思ったのだ。

けれど、そうはしなかった。そんなことは、今やらなくても、これからいつでもできることだったから。

「石黒さん、これでいいですか？」

全裸で直立している女が訊《き》いた。涙を流し続けていたが、その顔から怯えの表情は消えていた。声も震えてはいなかった。

「今度は背中だ。俺に刺青を見せてくれ」

賢太郎が命じ、女の顔に怒りが浮かんだ。切れ長の目には蔑《さげす》みの色も表れていた。

そう。たった今、賢太郎と女は、完全に敵同士に分かれたのだ。女にとっての賢太郎の存在は、信頼できる事務局長から最も憎むべき男に変わったのだ。

だが、憎まれようと、蔑まれようと構わなかった。大切なのは、その女と教団を支配することだった。

「背中を見せろ、ルナ」

賢太郎がさらに命じ、女は怒りに顔を歪めながらも、ゆっくりと賢太郎に背を向け、背中に流れている長い黒髪を片側に寄せた。

その瞬間、賢太郎の目に、大きくて妖艶《ようえん》な観世音菩薩が飛び込んできた。

賢太郎は思わず呻《うめ》いた。幻覚を見ているみたいな気がした。

そこにいる女は清楚《せいそ》で、上品で、誰にでも優しくて奥ゆかしかった。そんな女と、背中の刺青は、あまりにも不釣り合いだった。

だが同時に、精巧で、巨大で、生々しいその刺青は、その女にあまりにも似合っていた。まるでその刺青を背負って生まれてきたかのようだった。

9

長いあいだ、賢太郎は女の背を見つめていた。

右側に少しだけ首を傾けた観世音菩薩の顔は、ふたつの肩甲骨のちょうど真ん中に位置していた。その刺青は本当に大きくて、観世音菩薩が立っている蓮《はす》の葉は尾骶骨《びていこつ》の付近に達していた。観世音菩薩の背後で咲く赤い蓮の花のひとつは、浮き上がった右の肩甲骨の上に描かれていた。

いつの間にか、賢太郎の股間では男性器が硬直していた。その硬直が、賢太郎に次の命令を思い立たせた。

無言で立ち上がると、賢太郎はベルトを外し、ズボンとボクサーショーツを脱ぎ捨てた。そして、下半身を剝《む》き出しにしてから、目の前にあったローテーブルを素早く脇にずらし、左右に大きく脚を広げて再びソファに腰を下ろした。

「ルナ。こっちを向け」

横柄な口調で賢太郎は女に命じた。

その言葉を耳にした女が、ゆっくりと賢太郎に向き直った。

女は一瞬、賢太郎の股間に視線をやった。だが、すぐに、そこから目を逸《そ》らした。きっと、これから自分がさせられることを、女も理解しているのだろう。その女は十年ものあいだ、義父の性の奴隷として暮らしたのだから。

「何をすればいいか、わかっているよな？」

股間に突き立った巨大な性器を右手で握り、欲望に目を潤ませて賢太郎は言った。

「まず口だ。お前が義理のオヤジさんにしていたことを、俺にやってくれ」

「許して……石黒さん……それだけは……勘弁してください……」

唇をわななかせて女が訴えた。その姿はあまりにも哀れだった。

だが、もちろん、その訴えに耳を貸すつもりはなかった。

賢太郎は今、絶対的な権力を有した専制君主だった。そして、目の前にいる女は、何の権利も持たない彼のしもべだった。いや、奴隷だった。

「咥《くわ》えろ、ルナ」

全裸で立ち尽くしている女が、嫌々をするかのように首を左右に振り動かした。

「できないなら通報するぞ。お前と教団は終わりだ。それでいいのか？」

選択肢を奪われた女が、涙を流し続けながらその場に跪《ひざまず》いた。そして、大きく開いた賢太郎の脚のあいだににじり寄り、ひとつ息を吐いてから賢太郎の股間に顔を近づけた。

「石黒さん、どうしても……許してもらえませんか？　ほかのことなら何でもします。どんなことでもします。だから……それだけは……許してもらえませんか？」

賢太郎の顔を見上げた女が訴えた。

だが、賢太郎がしたのは、無言で首を左右に振り動かすことだけだった。

女はなおも賢太郎を見つめ続けていた。だが、やがて諦めたのか、賢太郎の股間に右手を伸ばし、いきり立った男性器にそっと触れた。そして、切れ長の目を閉じ、口を開き、青黒くて巨大な男性器に濡《ぬ》れた唇を静かに被《かぶ》せていった。

賢太郎は天を仰いだ。夢を見ているかのようだった。

けれど、夢ではなかった。

俺は今、ずっと慕い続けてきた女神を、自分の足元に跪かせているのだ。膨張した男性器をその女に咥えさせているのだ。

そう考えると、性的興奮が一段と高まった。

「始めろ、ルナ」

声を上ずらせて賢太郎が命じ、女神がゆっくりと頭を上下に動かし始めた。すぼめられた女の唇が、男性器の表面を心地よく擦《こす》り始めたのがはっきりと感じられた。

女神の動きに合わせて、背の皮膚に彫り込まれた観世音菩薩が妖艶に動いていた。それはまるで、刺青が生きているかのようだった。

淑《しと》やかな容姿とは裏腹に、女神はやはり、オーラルセックスに慣れているようだった。唇が男性器の表面を擦るたびに、快楽がどんどん高まっていった。

あの日、賢太郎が絶頂を迎えたのは、女神が男性器を口に含んでから三分も経たない頃だった。

男性器の痙攣《けいれん》は三十秒、いや、もっと長く続いた。その長い痙攣がようやく終わるのを待って、賢太郎は髪を摑《つか》んで女神の顔を上げさせた。

顔を上げた女神は体液を口に含んだまま、怒りと憎しみに満ちた目で賢太郎を見つめていた。敵愾心《てきがいしん》を剝き出しにしたその顔もまた、見惚《みと》れてしまうほどに美しかった。


グラスの中のビールを飲み干すと、賢太郎は椅子から立ち上がって冷蔵庫に向かい、そこから新たな缶ビールを取り出した。そして、ダイニングテーブルに戻ってグラスにビールを注ぎ入れると、よく冷えたそれをゆっくりと味わった。

廊下を歩く足音が聞こえた。香織がトイレに向かったようだった。ダイニングルームの入り口に、パジャマ姿の妻がちらりと見えた。

「早紀は寝たのか？」

妻にそう声をかけた。

けれど、妻からの返事はなかった。

賢太郎は小さく舌打ちをした。そして、かつて女神と崇《あが》めた女のことを考えながら、再びビールのグラスを手に取った。

この四年のあいだに彼は何度となく、ルナの口に硬直した男性器を押し込んでいた。だが、股間に挿入したことは一度もなかった。どれほど脅しても、ルナが決してそれを許さなかったからだ。

『それだけはできません。それができるのは月の神だけです』

彼が行為を迫るたびに、ルナは毅然《きぜん》とした口調で言った。『通報したいのなら、そうしても構いません。あなたに犯されるぐらいなら、監獄で一生すごしたほうがマシです』と。

そんなこともあって、賢太郎はそれ以上を求めなかった。ルナを監獄に送り込むというのは、金の卵を産むガチョウの腹を裂いて殺してしまうようなものだった。

ルナが義父を殺害して埋めたことを通報するつもりはなかった。賢太郎の望みは、このままルナと教団を支配し、私腹を肥やし続けることだけだった。

離婚が成立した際には、香織は多額の財産分与を求めてくるはずだったから、稼げる時に稼いでおかなければならなかった。

10.

その日、早朝に目を覚ました龍之介は、電動アシスト自転車に乗って邸宅のある丘へと向かった。ルナが丹精込めて育てている薔薇《ばら》を眺めるためだった。美しい花に覆われた薔薇園は、考え事をするには最適の場所だった。

五分足らずで目的地に到着した龍之介は、乗ってきた自転車を薔薇園の脇に停めた。そして、色とりどりの数十種類の薔薇を眺め、時には立ち止まって花の香りを嗅《か》ぎ、これからやろうとしていることに思いを巡らせながら、早朝の光に照らされた薔薇園をゆっくりと歩いた。

その丘は住宅街に囲まれていたから、車やオートバイのエンジン音がいつも微《かす》かに聞こえてきた。幼い子供たちの叫ぶような声が聞こえることもあった。けれど、基本的に、広大な邸宅の敷地内は静かだった。

天気がよかった。ヒヨドリやキジバト、シジュウカラなどの声が聞こえた。秋の虫の声もした。きょうは気温が上がって夏日になる予報だった。だが、吹き抜ける風はまだひんやりとしていた。

薔薇園の片隅で立ち止まると、龍之介は足元に目をやった。

そう。その土の下に、彼の父が眠っているのだ。

龍之介はその場にしゃがみ込むと、乾いた土に右手で触れた。

「お父さん、何もかも、あなたのせいです」

龍之介は囁《ささや》いた。石黒賢太郎の手で、父は地中深くに埋め直されていた。

四年前、ルナが石黒に支配されたその日に、龍之介は彼女の変化に気づいた。

あの日のルナは明らかに怯《おび》えていた。もしかしたら、少し前まで泣いていたのかもしれない。目がわずかに充血していた。

ルナはその変化を表に出すまいとしていた。だが、長いあいだルナを観察し続けてきた龍之介には、彼女の変化がはっきりとわかった。

何があったのだろう？

龍之介は急いでマンションに戻った。そして、ルナの自室を二十四時間、撮影し続けているカメラの映像を再生した。

驚いたことに、その映像にはルナだけでなく、石黒賢太郎の姿までもが映っていた。

そして、龍之介は知った。薔薇園に埋められていた父を、石黒が見つけてしまったのだということと、それを警察に通報すると言ってルナを脅したのだということを知った。

龍之介はさらに知った。石黒が想像もできなかったほど邪悪な男だったということを知り、ルナと教団はこれから石黒に支配されるのだということを知った。

隠しカメラが撮影した映像の中で、石黒は下半身を剝《む》き出しにしてソファに腰掛けていた。一方、ルナは一糸まとわぬ姿で、大きく広げられた男の脚のあいだにしゃがみ込み、黒々とした性毛に覆われたその股間《こかん》に顔を伏せていた。

そんなルナの姿を見るのは、父が死んでから初めてだった。

龍之介は拳《こぶし》を握り締めた。ルナの口を犯している男の姿が、父のそれと重なって見えた。それは父が、黄泉《よみ》の世界から甦《よみがえ》ってきたかのようだった。

いや、本当にそうなのかもしれなかった。凄《すさ》まじい怨念《おんねん》を抱いて死んでいった父が、石黒という男の姿を借りて甦り、自分を殺した女に復讐《ふくしゅう》しているのかもしれなかった。

11.

実質上の指導者が石黒に変わったことによって教団は大きく変化した。

かつて教団は信者に献金を求めなかった。差し出された献金は受け取っていたが、金のない信者から無理に金を毟《むし》り取るようなことは絶対にしなかった。

だが、石黒が教団を支配するようになってからは、それまでには存在しなかった『年会費』というものを納めさせるようになり、その金を払うことができない信者は、たとえどれほど信仰心があったとしても、情け容赦なく除名処分とされた。

さらには、教団の儀式に参加する時には必ず献金をすることが必要になり、その金がない者は参加できなくなった。今、信者間にはカースト制度のようなものがあり、教団内での『ステージ』を上げるためには多くの献金をする必要があった。

石黒は少しでも多くの金を集めるために、実にさまざまなことを考え出した。教祖の血を滴らせたと偽っているワインの販売もそうだったし、多額の献金をした者に、教祖の背を見せるというのも石黒が考え出したことだった。

さらに大口の献金を得るために石黒が考え出したもののひとつが、あの忌まわしいイニシエーションだった。

信者の数を増やし、教団の収入を増やすために……いや、教団の金を横領して自身が私腹を肥やすために、石黒はいくつもの強引な勧誘手段を使い続けていた。石黒は法に触れるようなことさえ厭《いと》わなかった。

そのことによって信者の数は増えていったが、同時に、現役信者や脱会信者、さらには、その家族などとの揉《も》め事も増えていった。実際に、いくつもの民事訴訟も進行中だった。

そんな訴訟の多くを担当し、教団を糾弾し続けているのが溝口光昭弁護士だった。

溝口弁護士は信者の両親から息子の脱会についての相談を受けたことをきっかけに、教団の反社会性を執拗《しつよう》に訴え続けていた。彼はマスコミやSNSなどを通して、『月神の会』はインチキな金儲《かねもう》け集団でしかないと繰り返し主張していた。

溝口弁護士らの動きを、石黒はルナに知らせまいとしていた。だが、ルナに入る情報を完全に遮断することはできるはずもなく、そういうさまざまなことがルナを苦しめていたし、悲しませてもいた。

石黒は幹部信者を集めて頻繁に会議を開いていた。その会議に参加できるのは、彼の腰巾着《こしぎんちゃく》のような数人の男だけで、ルナが参加を許されることはなかった。

だが、龍之介は、会議の行われる部屋に仕掛けたカメラやマイクから、ルナの知らない多くの最新情報を常に手に入れていた。

最近の石黒は溝口弁護士の存在に、さらに危機感を抱くようになっていて、どうにかして、彼を黙らせることができないかと思っているようだった。

殺人集団と化した教団を何とかしなければならないと、龍之介はずっと頭を悩ませていた。

龍之介の父をルナが殺害したことを知っているのは石黒だけで、ほかの幹部信者はそのことを知らないらしかった。だから、石黒さえ排除してしまえば、足枷《あしかせ》を外されたルナは再び教団内での指導力を取り戻すことができ、教団は以前の純粋な信仰集団に戻れるはずだった。

そう。排除だ。石黒という悪魔のような男を、教団から切り離してしまわなければならないのだ。

龍之介には以前から、それがよくわかっていた。だが、教団内で権力を独占している石黒を排除してしまうための妙案は、どれほど考えても見つけることができなかった。

いや、違う。方法はあった。ひとつだけだが、あった。

これまで、龍之介は自分が『それ』をすることを何度となく考えていた。だが、今までは、決意することができないでいた。『それ』を実行してしまったら、ルナとは離れ離れになってしまうから。ルナの笑顔を見ることも、その声を耳にすることもできなくなってしまうから。

だが、昨夜、龍之介は心を決めた。

こんなに祈っているというのに、ルナの境遇は改善されるどころか、悪化していく一方だった。そのルナを救い出すには、龍之介が自身を犠牲にして動くしかなかった。

気温が高くなっていった。薔薇《ばら》園を照らす日差しも強さを増していた。

龍之介は父が埋められているすぐ脇にしゃがんで地面を見つめた。数千匹という数の黒い蟻が、土の上で長い行列を作っていた。

プロミス・ユー・ザ・ムーン。

龍之介の頭を、その言葉がまたよぎった。

いや、できる。僕にはできる。だから、やるんだ。

龍之介は自分自身にそう言い聞かせた。

「お父さん、僕は決めました」

蟻の行列を見つめ、龍之介は声に出して言った。

ルナのために身を投げ出すのだと思うと気持ちが高ぶった。

12.

きのう、あの忌まわしいイニシエーションが行われる少し前に、石黒はまた幹部を集めて会議を行った。龍之介は自分のマンションで、録画録音されたその会議の一部始終を盗み見た。

会議が行われた部屋は教会の地下にあった。六十平方メートルほどの洋室で、いくつもの長テーブルと、十数脚の椅子が置かれていた。天井が高く、壁は真っ白だったが、窓がないために、何となく息苦しく感じられるような部屋だった。その建物が父の私設美術館だった頃には、地下室は美術工芸品を保管しておくために使われていた。

きのうの会議には石黒のほかに、幹部だとされる五人の男が参加していた。彼らは石黒には決して逆らわないイエスマンだった。

『集まってもらったのは、ほかでもない。溝口のことだ』

五人の男たちが揃うと、険しい表情を浮かべた石黒がそう口を開いた。『溝口を放っておくわけにはいかないと思う』

五人のイエスマンが難しい顔をして頷《うなず》いた。

『確かに、最近の溝口の動きはひどいですね。先日もやつが教団を罵《ののし》っているのをテレビで見ました』

五人の中でいちばん若い、飯塚裕也が言った。飯塚は石黒が大手家電メーカーで働いていた頃の部下だった。彼は石黒に誘われて会社を辞め、二年ほど前に信者になってい
た。

『その番組は俺も見た』

苦々しい表情を浮かべた石黒が言った。『あんなことを言われたんじゃ、新しい信者の獲得はどんどん難しくなっていくだろう。脱会する信者も増えていくと思う。腹立たしい限りだ』

飯塚が石黒を見つめて頷いた。飯塚は教祖に下世話な関心を抱いているようで、いつも欲望に満ちた目でルナを見つめていた。

『それで……俺はお前たちに何か、溝口を黙らせる方法はないかと思って相談しているんだ。誰か、何か、いい考えはないか？』

石黒が男たちの顔を順番に見つめた。だが、口を開く者はいなかった。

その会議ではいつも、ほとんど石黒ひとりが喋《しゃべ》り、ほかの者たちは異議を唱えず、石黒の決めたことに同意するだけだった。

沈黙の時間が流れ、やがて、苦しげに顔をしかめた石黒が口を開いた。

『溝口を黙らせるには、寺島一家と同じように、消してしまうしかない、と……俺は思っているんだが……立花、お前はどう思う？』

石黒が立花周平に尋ねた。立花はふたりの副事務局長のひとりで、やはり、石黒が家

電メーカーに勤務していた頃の部下だった。彼は幹部の中では最年長の三十四歳だった。

立花は時折、あのイニシエーションに立ち会い、下着姿のルナが全身を撫《な》でまわされるのを石黒と一緒に目にしていた。

『つまり、それは……殺すっていうことですよね？』

視線を泳がせながら、おずおずとした口調で立花が訊《き》いた。立花は教団で石黒の右腕として働いていた。彼は人前ではほとんど表情を変えなかったが、今、その顔は別人のように強《こわ》ばっていた。

『そうだ。その通りだ』

唸《うな》るように石黒が言った。

その瞬間、そこにいた五人全員が顔を強ばらせた。

かつて寺島賢治の兄を殺害した彼らではあったが、男たちの心にはそのことが深い傷となって残っているようだった。何人かはあれから心療内科に通っていた。立花は『あの時のことを思い出すと、吐き気が込み上げてくる』と口にしていた。

そう。彼らのような悪党にとっても、人を殺すのは簡単なことではないのだ。

また、かなり長い沈黙の時間があった。モニター越しにさえ、その沈黙の重苦しさが龍之介に伝わってきた。

その沈黙を破ったのは今度も石黒だった。

『殺すんだ。それしかない。俺は溝口を殺すと決めた。いいな。これは決定事項だ』

強い口調で言うと、石黒がまた男たちを順番に見まわした。『問題はその方法だ。どうやったら溝口を確実に殺せ、その犯行が発覚せずに済むか、だ。お前たちに、何か考えはないか？』

石黒がまた五人を見まわした。けれど、やはり、口を開く者はひとりもいなかった。

『なぜ黙ってる？　立花、伊藤、何かいい考えはないのか？　原田、木村、飯塚、誰か何とか言え』

苛立《いらだ》ったような口調で言いながら、石黒がまた五人を順番に見つめた。

やがて、思い詰めたような顔をした伊藤和俊が、石黒に視線を向けた。伊藤も副事務局長で、歳はルナと同じ三十二歳だった。

かつての伊藤は深い信仰心を持っているように思われた。だが、石黒が教団の全権を手にした頃から、彼は石黒の子分のような存在に成り下がっていた。

『石黒さん、あの……何日か考える時間を……もらえませんか？』

おずおずと伊藤が言った。伊藤のそばでは、ほかの四人が思い詰めたような顔で頷いていた。

石黒が長く息を吐いた。

『よし。わかった。それじゃあ……そうだな。三日後の同じ時刻に、また集まってくれ。それまでに、お前たち五人でよく話し合って、溝口を確実に殺し、その罪をうまく隠し通す方法を考えておいてくれ。きょうはこれで解散だ』

難しい顔をした石黒が会議の終了を宣言し、五人の男が顔を強ばらせたまま頷いた。

13.

薔薇園を離れた龍之介は、自分のマンションに戻る前に洋館に向かった。どうしても、モニター越しではないルナの顔が見たくなったのだ。

ドアベルを鳴らした龍之介を、ルナが玄関で出迎えてくれた。

「ルナさん、おはようございます」

「おはよう、龍ちゃん。こんな時間に何か用？」

ルナが龍之介に笑顔を向けた。ベッドから出たばかりらしいルナは、丈の長い白のナイトドレスという恰好《かっこう》をしていた。

「いいえ。ただ、あの……早く目が覚めたんで、ちょっと庭を散歩していたんです」

龍之介は答えた。この家を出てからも、龍之介は時折、この家の敷地内を散歩していた。庭師たちが丹念に手入れをしている庭は隅々まで管理が行き届いていたから、そぞろ歩くにはうってつけだった。

「今、朝ごはんの途中なんだけど、龍ちゃん、何か飲んでいかない？」

ルナがまた笑った。唇のあいだから小さな歯が覗《のぞ》いた。ルナの耳には龍之介が贈った大粒の白真珠がつけられていた。

「そうですね。だったら、冷たいお水を一杯、もらえますか？」

急に喉《のど》の渇きを覚えて龍之介は言った。食べているところを見られるのは恥ずかしかったが、水を飲むくらいならできそうだった。

「じゃあ、一緒にダイニングに行こうよ」

ルナが言い、龍之介は歩き始めたルナのほっそりとした背中を追った。


明るくて広々としたダイニングルームには、大きな窓から朝の光が差し込んでいた。

父がいた頃の朝食は、トーストとスープと卵料理、ジャガイモを使った料理、生野菜のサラダ、それにカリカリに炒《いた》めたベーコンやソーセージなどだった。だが今、大きなテーブルの上には、ご飯と味噌汁《みそしる》、納豆、めかぶ、焼き海苔《のり》、干物や漬物、それにおろし大根などが並んでいた。

「お散歩は気持ちよかった？」

ピッチャーから冷えた水をグラスに注ぎ、それを龍之介に差し出してルナが訊いた。

彼女は食事を始めたばかりのようだった。

「はい。天気がいいし、風もないから気持ちよかったですよ。ルナさんもあとで少し歩いてくるといいですよ」

邸宅の敷地はとても広かったから、ルナもよく散歩をしているらしかった。

石黒の強引な教団運営のせいで、今ではルナを敵対視する人間がいたるところに存在していた。そんなこともあって、最近のルナはこの敷地から出ることをためらっているようだった。どうしても外出しなければならない時にはサングラスをかけ、白いマスクをつけ、ぶかぶかとした衣類を身につけていた。

「そうね。あとで散歩してこようかな。薔薇《ばら》の手入れもしなくちゃならないし」

ルナがまた微笑んだ。

だが、その笑みが心からのものではないことを龍之介は知っていた。

小林直純を相手にしたイニシエーションがよほど辛《つら》かったのだろう。昨夜のルナはベッドに入ってからも、長いあいだ啜《すす》り泣いていた。

「龍ちゃんもここでご飯を食べていかない？」

優しい口調でルナが言い、龍之介は一瞬、そうしようかとも考えた。

「そうですね。でも、あの……朝ご飯は用意してきたんで、遠慮しておきます」

龍之介は答えた。食欲を満たす自分を見られるのは、やはり恥ずかしかった。

マンションの自室に戻った龍之介は、食事を始める前に自分に言い聞かせた。

「やるよ……やるんだ……やる……やる……僕は絶対にやる」

テーブルの上のコンビニエンスストアの弁当を見つめ、龍之介は繰り返した。

教団から石黒を排除するためのもっとも手っ取り早く、もっとも確実な方法……それは龍之介がその手で、彼を殺害してしまうことだった。

それは実に単純で、実に荒っぽい手段だった。だが、いくら考えても、それ以外に方法はないように思われた。

石黒は龍之介を小馬鹿にしていて、警戒しているようなところがまったくなかった。だから、彼を殺害するチャンスはいくらでもあるはずだった。

自身の手で石黒を殺害することを、龍之介は以前から考えていた。けれど、今まではそれを決意することができなかった。殺人者として逮捕され、収監されたら、ルナの顔を目にすることができなくなってしまうから。

それでも、こうなったからには、やらなくてはならなかった。ルナと教団を守るために、石黒たちが溝口弁護士を手にかける前に、石黒を亡き者にしてしまわなくてはならなかった。龍之介がそれをしなければ、男たちは本当に弁護士を殺害するだろう。石黒はうまくいくと考えているようだったが、その犯行が発覚した際には、石黒も男たちも『教祖に命じられた』と言い訳をするに違いなかった。その時にはきっと、石黒はルナが義理の父を殺害し、薔薇園に埋めたということを口にするはずだった。

『ルナが殺人者として逮捕される』『刑務所で服役する』『世間から糾弾される』

それだけは阻止しなければならなかった。

「やるんだ……やらなければならないんだ」

龍之介はまた声に出して自分に言い聞かせた。

14.

三日がすぎた。

えげつない信者に擬似性交を強いられたショックから、ルナはいくらか立ち直ったようで、また龍之介に自然な笑顔を見せるようになっていた。

ルナに頼まれて、龍之介は三日連続で洋館に赴いてピアノを弾いた。ルナは龍之介のすぐ脇に座り、彼の拙《つたな》い演奏を楽しげな様子で聴いていた。

いつもそうしているように、ルナは毎晩、ベッドに入る前に自室の床に跪《ひざまず》き、こうべを垂れて月の神に祈りを捧《ささ》げた。時には顔を上げて、窓の向こうの夜空に向かって『はい。そうします』とか『約束します』とか『ありがとうございます』などと呟《つぶや》いていた。

龍之介には何も聞こえなかったが、きっとルナには月の神の声が聞こえているのだろう。夜空を見つめて笑うこともあった。

その日の夕刻、幹部会議が再び開かれた。龍之介は自室のモニター越しにその様子を見つめた。

『お前たち、溝口を殺す方法を考えてきたか？』

会議が始まるとすぐに石黒がそう切り出した。

副事務局長の立花周平がほかの四人を見まわしてから、顔を強《こわ》ばらせて口を開いた。

『はい。あれから自分の部屋に何度か集まっていろいろと話し合いました』

立花は教団の近くのマンションにひとりで暮らしていた。

『そうか。それじゃあ、その話し合いの結果を俺に聞かせてくれ』

石黒が男たちの顔に順番に目をやり、最後は立花を見つめた。

立花は『はい』と言って頷《うなず》くと、またほかの者たちの顔を見まわした。それから、彼の部屋で話し合ったという弁護士の殺害方法を説明し始めた。

龍之介は拳《こぶし》を握り締め、立花周平の言葉に聞き耳を立てた。

五人が考え出した方法とは、自宅に戻って来る弁護士を路上で待ち伏せ、商用の大型バンの荷台に力ずくで押し込み、その場で刃物を使って殺害するというものだった。弁護士の死体はそのまま山奥に運び、深い穴を掘って埋めてしまうつもりだと立花が言った。

また、それか。

龍之介は呆《あき》れた気持ちでそう思った。

五人もの男が何度も話し合ったという割には、その計画はあまりに稚拙で、とても荒っぽくて乱暴なものだった。もし、弁護士を車に押し込んでいるところを誰かに見られたら、それですべてが終わりになるはずだった。

『今度もそれか。何かもう少し、気の利いた方法を思いつけないのか』

苦々しい表情を浮かべて石黒が言った。彼も龍之介とまったく同じことを感じているようだった。『今度もそれで、うまくいくと思うのか？』

石黒は睨《にら》みつけるような目つきで五人の男たちを見つめた。

『はい。これからもう少し、細部について話し合う必要はあるかとは思いますが……きっとうまくいくと自分たちは考えています』

石黒の顔を見つめて立花が言った。

その言葉を引き継ぐようにして、今度は最年少の飯塚裕也が口を開いた。

『溝口の自宅は静かな住宅街の中にあるんです。おとといの夜、五人で車に乗って見に行ってみたんですが、やつの家の周りは街灯も薄暗かったし、人通りもほとんどありませんでした。防犯カメラのようなものも、辺りにはないように見えました』

『飯塚の言う通りです』

今度は伊藤和俊が口を開いた。『溝口は駅からバスに乗って自宅に戻るみたいなんですが、やつの家はバス停からも少し離れていて、夜は本当に人通りが少ないんです。だから、この計画はうまくいくと自分は思っています』

伊藤の言葉を聞いた石黒が、顔を強ばらせて深く頷いた。

『わかった。お前たちを信じよう。それで……いつ実行するつもりだ？』

石黒がまた立花の顔を見つめた。

『そうですね。これからもっと詳細で、綿密な計画を立てる必要がありますが、できるだけ早く……遅くとも十日以内に決行するつもりです。もう一度、自分たち五人で話し合って石黒さんに報告します』

立花が答え、ほかの四人が石黒を見つめて頷いた。

『わかった。報告を待ってる』

そう言うと、石黒が目を閉じて長く息を吐いた。弁護士を殺す計画が現実味を帯びてきたので緊張しているようだった。

『それで、石黒さん、あの……自分たちからも、お願いがあるんですが……』

飯塚が恐る恐るといった様子でまた口を開いた。

『何だ？　言ってみろ』

『もし、この計画がうまくいったら、あの……その褒美として……報酬に加えて、自分たちひとりひとりに、順番に……聖なるイニシエーションをさせてもらえませんか？』

照れたような笑みを浮かべた飯塚が、言いにくそうにそう口にした。

龍之介は耳を疑った。飯塚が性的欲望を抱いているのは知っていた。だが、自分がその手で、ルナの体を撫《な》でまわしたいと望んでいるとまでは思っていなかった。

『お前たち、そんなことを望んでいたのか？』

石黒が目を吊《つ》り上げた。『立花も伊藤もそうなのか？　原田も木村も、教祖を相手にイニシエーションをしたいのか？』

『あの……男なら、誰でも……望んでいるはずだと思います』

それまで黙っていた原田健一が口を開いた。

かつては警察官だった原田は無口だったが、言うべきことははっきりと口にする男だった。柔道と剣道がどちらも四段で、学生時代はアメリカンフットボールをしていたという原田は、大柄でがっちりとした体つきをしていた。

『自分も以前から、あのイニシエーションをしてみたいと思っていました』

今度は木村渉が言った。三十歳の木村は、かつては難関校だと言われている私立高校で数学の教師をしていた。トカゲや蛇を思わせるような顔をした陰険な男で、石黒と同じように龍之介を小馬鹿にしていた。

『わかった。もし、溝口の件がうまくいったら、前向きに検討してやる』

難しい顔をして石黒が言い、男たちがお互いに顔を見合わせた。嬉《うれ》しそうな顔をしている男もいたし、好色そうな顔をしている男もいた。

龍之介は奥歯を噛《か》み締めた。

急がなければならなかった。これ以上、ルナを貶《おとし》めさせるわけにはいかなかった。

15.

パソコンを離れた龍之介は部屋の片隅に置いたピアノへと向かった。気持ちを落ち着かせるために、ピアノを弾こうと思ったのだ。

ここに引っ越してきた時に購入した安いピアノの前に、龍之介は静かに腰を下ろした。

そして、目を閉じ、深い呼吸を繰り返し、頭の中が空っぽになったのを確かめてから、静かに目を開き、ほっそりとした指を鍵盤《けんばん》の上で動かし始めた。いつだったか母が褒めてくれたショパンの『小犬のワルツ』だった。

鍵盤の上で指を動かし続けながら、龍之介はあの時の母を……すぐ隣に置いた椅子に腰掛け、自分の指を見つめていた母の姿を思い出した。

龍之介のピアノはなかなか上達しなかった。それでも、母は苛立《いらだ》つことなく、根気よくピアノを教えてくれたものだった。

『上達したね、龍之介』

指を動かし続けていると、すぐそこから母の声が聞こえたような気がした。

無意識のうちに、龍之介は呟いた。

「お母さん……お母さん……」

その言葉を口にするのは、実に久しぶりのことだった。

母の紗英があの家を出て行ったのは、今から十七年前、龍之介が十四歳の時だった。『七沢』から『早川《はやかわ》』という旧姓に戻った母からは、時折、手紙が届いた。龍之介もまた母に頻繁に手紙を書いた。

当時の母は、慰謝料としてもらった川崎《かわさき》市内のマンションに暮らしているようだった。母からの手紙にはいつも、『会いたい』と書かれていた。国語の教師をしていた母は、美しくて読みやすい文字を書く人だった。

当時はすでにパソコンや携帯電話を使っての電子メールが広く普及していた。けれど、筆まめな母は電子メールより手紙を好んだ。

龍之介も母への手紙には必ず『会いたい』と書いた。

母が何をしているのかを、龍之介はよく知らなかった。母の手紙には自分のことはほとんど書かれていなかったから。

一年ほどがすぎた頃、母の苗字《みょうじ》が変わった。住所も変わった。どうやら、『鈴木《すずき》』という男と再婚したようだった。

そのことに龍之介は衝撃を受けた。母を他人に取られたような気持ちになったのだ。

だが、母への手紙には、その気持ちは書かなかった。『幸せになってね』と書いただけだった。

やがて、母からの手紙は滞りがちになった。龍之介が何通もの手紙を送ると、短い手紙がやっと来るという感じだった。

母への手紙に、龍之介は『会いたい』と書き続けた。だが、母からの手紙には、その言葉が書かれなくなった。

迷いに迷った末に、ある日、龍之介は母の携帯電話の番号をプッシュした。母に電話をするのは初めてだった。

だが、その電話は通じなくなっていた。

会いたい。声を聞きたい。

龍之介は切望した。

再婚した母は、横浜の私鉄沿線の街に暮らしているらしかった。東京に勤務する人々のベッドタウンとして造成された街で、龍之介の家からそれほど離れていなかった。


今から七年前の秋の初め、よく晴れた蒸し暑い日の午後だった。母が家を出て行ってから十年という歳月が流れ、龍之介は二十四歳になろうとしていた。

母が暮らす家はすぐに見つかった。急行電車の停車する賑《にぎ》やかな駅から歩いて十分足らずのところだった。

その家の門柱には『鈴木』という表札がかけられていた。表札のそばには郵便受けがあり、そこに差し込まれた札に『鈴木啓一《けいいち》　紗英　啓太《けいた》』と書かれていた。

啓太というのは、一緒に暮らしている子供の名前なのだろう。だが、その男の子が鈴木啓一という男の連れ子なのか、母が産んだ子なのかはわからなかった。

辺りには大きくて立派な家が建ち並んでいた。母が暮らしている家も辺りの家々に負けずに大きくて立派だった。その家には広々とした芝生の庭があり、手入れの行き届いた花壇があった。ガレージにはヨーロッパ製の白い乗用車が停められていた。

母が惨めな暮らしをしていないらしいということが、龍之介をいくらか安堵《あんど》させた。

龍之介はインターフォンのボタンを押そうとした。母の顔を見るためにここまで来たのだから、そうしないという選択肢はないはずだった。

けれど、ボタンを押すという、たったそれだけのことが、なかなかできなかった。

龍之介は何度もインターフォンに手を伸ばし、何度もその手を引っ込めた。

九月半ばだったけれど、息苦しくなるほどに蒸し暑かった。そんなこともあってか、辺りには人の姿がほとんどなかった。

蟬の声が響いていた。胸のあいだを流れて落ちた汗が、臍《へそ》にまで達したのが感じられた。

どのくらいのあいだ、その家の前に立ち尽くしていたのだろう。やがて、門の向こうの玄関ドアがゆっくりと開けられた。

龍之介はとっさに門の前から離れると、すぐ近くの電柱の陰に逃げ込んだ。

すぐに母が姿を現した。

十年の歳月が流れたというのに、母の容姿はほんの少ししか変わっていなかった。間もなく五十歳になる母は、相変わらず若々しく、美しく、すらりとした体つきをしていた。

整った母の顔には、穏やかで、優しそうな笑みが浮かんでいた。背中に垂らした長い黒髪は、今もツヤツヤと光っていた。

母のすぐ脇には小学生らしい男の子がいた。その男の子は、ハッとするほど龍之介に似ていた。まるで、小学生だった頃の自分を見ているかのようだった。

そう。その子は母が産んだのだ。龍之介と同じように、その子の体の中には母から受け継いだ血が流れているのだ。

男の子と母は、龍之介がいるのとは反対の方向に向かって歩き出した。龍之介は電柱の陰から、そんなふたりの背を見つめた。

あの日の母はサックスブルーのノースリーブのワンピースを身につけ、踵《かかと》の低い白いサンダルを履いていた。男の子はハーフパンツにTシャツという恰好《かっこう》だった。

龍之介はほっそりとした母の後ろ姿と、背中に流れるつややかな髪を見つめ続けた。

男の子は隣にいる母を見上げて、しきりに話をしていた。叫んでいるかのようなその声が、龍之介にもよく聞こえた。

内向的で、恥ずかしがり屋で、おずおずとしか話せなかった龍之介とは違い、その子は元気で、明るくて、覇気があるようだった。

その子は本当に生き生きとしていた。生まれて間もない仔犬《こいぬ》のように、生きているということが嬉しくてたまらないかのようだった。

そんな男の子に母もしきりに話しかけていた。

あの日の母の声は弾んでいた。それほど嬉しそうで、楽しそうな様子の母を見た覚えがなかった。

だが、それは当然のことだろう。自分のように陰鬱《いんうつ》な子といるより、明るくて元気な子と一緒にいたほうが、親としては遥《はる》かに楽しいに決まっていた。

一瞬、龍之介はふたりを追おうかと考えた。だが、そうはしなかった。自分が泣いていることに気づいたからだ。

二十四歳にもなるというのに、龍之介は大粒の涙を流していた。そんな泣き顔を、楽しく生きている母に見せるわけにはいかなかった。陰鬱で手のかかるあの子供が、今も泣いているなんて思われたくなかった。

龍之介は泣きながら、自分から離れていくふたりを見つめていた。だが、やがて、ふたりは角を曲がり、その姿は見えなくなってしまった。

あの日、龍之介は手の甲で涙を拭《ぬぐ》うと、駅に戻るために歩き出した。

僕にはもう、お母さんはいないんだ。

歩きながら心の中でそう呟《つぶや》いた。

その後も何度か、母の顔を見に行こうかと考えた。だが、彼がそれをすることは二度となかった。

龍之介は母に手紙を書くのをやめた。母からの便りもぷっつりと途絶えた。

母は自分を忘れたがっているのだ。

龍之介はそう考えた。

16.

七年前、母に会いに行った秋の日の夕方、龍之介はルナに呼ばれて洋館に行った。

何の用事だったのか、今はもう覚えていない。だが、あの日、龍之介の顔を見た瞬間に、「何かあったの？」と、ルナが心配そうに訊《き》いたことは覚えていた。

あの時、龍之介は反射的に視線を逸《そ》らした。心の中を覗《のぞ》き見られているような気がしたのだ。

「何かあったの？」

ルナが同じことを尋ね、龍之介は逸らした視線をゆっくりとルナに向けた。

あの時、龍之介は、自分のわずかな変化にルナが気づいたらしいことに驚いていた。

同時に、こんなにもしっかりと自分を見てくれていることを嬉《うれ》しいとも思った。

しばらく迷った末に、龍之介は母に会いに行ってきたことを話した。母が自分によく似た男の子を産んでいたことと、その子がとても元気で明るかったことも話した。

話しているうちに涙が込み上げそうになったが、何とか泣かずに済んだ。

「お母さんは……龍ちゃんに、気がついたの？」

心配そうに顔を歪《ゆが》めたルナが尋ねた。

「気がつかなかった……と思います」

龍之介が答え、ルナが無言で頷《うなず》いた。

「だったら、もう一度、会いに行ったら？　ひとりじゃ心細いっていうなら、今度はわたしも一緒に行ってあげるよ」

龍之介は奥歯を嚙《か》み締めた。抑えていた涙が、また込み上げてきた。

「ありがとうございます。でも……もう、いいんです」

「いいの？」

「ええ。僕を見たらお母さんは、あの……いろいろと嫌なことを、思い出してしまうはずだから……お母さんには、あの男の子がいるから……だから、もう、いいんです」

言葉を選ぶようにして龍之介は答えた。

ルナはそれ以上、言わなかった。労《いた》わりに満ちた目で龍之介を見つめて頷いただけだった。

今になって思えば、ルナが龍之介の父を殺したのは、その年の秋の終わりのことだった。

17.

一度ぐらい、ルナさんと一緒に食事をしたかったな。

ピアノを弾く手を止めて、龍之介はそんなことを思った。

だが、その夢が叶《かな》うことはなさそうだった。あしたから数日かけて、龍之介はあの洋館や教会のいたるところに設置してある隠しカメラやマイクをすべて撤去して破棄するつもりだった。スマートフォンやパソコン内、クラウドに保存してある動画や静止画も、ひとつ残らず消去することにしていた。

ルナを父が凌辱《りょうじょく》している様子が録画されたDVDを、龍之介は数えきれないほど保管していた。父がルナの母を絞め殺した時の様子を記録したものもあったし、父をルナが殺害した時のものも保管していた。

彼はそのすべてを破棄し、そんな忌まわしい事実があったのだということを、永遠に闇に葬ってしまうつもりだった。

ピアノから離れた龍之介は、食事を始める前に窓を開けた。そして、床に跪《ひざまず》き、窓の向こうに浮かんでいる月を見つめて胸の前で両手を握り合わせた。

月の神の声は聞こえなかった。それでも、もはや心が揺らぐことはなかった。

そう。実現し難い誓いを、彼は果たすのだ。

僕が人殺しとして逮捕されたら、お母さんはどう思うのだろう？　動揺するのだろうか？　それとも、もう何も感じないのだろうか？

ふと、そんなことを思った。

第四章

1.

その夜、龍之介は電動アシスト自転車に乗って、自宅からさほど離れていない川へと向かった。最後は名前を変えて東京湾に注ぎ込む一級河川だった。住宅街がすぐ近くにあるというのに、その川の両側には水田や畑が広がっていた。

時折、気晴らしのためにそこに来ていたから、日が暮れるとその付近に人の姿はほとんどなくなることはわかっていた。

十分足らずで目的地に着くと、龍之介は乗ってきた自転車を道端に停め、誰もいない未舗装の農道をゆっくりと歩いた。

ところどころに街灯がぽつんぽつんと立っているだけなので、辺りはかなり暗かった。雑草の生えた道はひどく凸凹としていて歩きにくかった。けれど、今夜は月が出ていたから、足元が見えないほどではなかった。

競い合うかのように虫が鳴いていた。少し湿った夜風が吹き抜けるたびに、こうべを垂れた稲穂が波のように揺れた。

龍之介は背負っていたバッグを肩から下ろし、それを胸の前でしっかりと抱き締めた。

その黒いバッグには自作した武器が入っていた。作り方をインターネットで調べ上げ、通信販売でそれを作製するための材料を買い集め、足りないものはわざわざ秋葉原《あきはばら》の電気店に出向いて購入し、どうしても手に入らないものは代用品を工夫して使い、時間をかけて丹念に作り上げた散弾銃だった。

両手でバッグを抱き締めて歩き続けながら、龍之介は夜空に浮かんだ月に視線を送った。

足を止めた龍之介は、その月を見つめて祈った。

月の神様、僕に力をください。

月の神の声はやはり聞こえなかった。

再び歩き始める。いつの間にか、口の中がカラカラになっている。

車の轍《わだち》が残る細い凸凹道を歩き続けると、やがて道端に、もう何年も前に不法廃棄されたらしい錆《さび》だらけの白いミニバンが見えてきた。そのミニバンのすぐそばで足を止めて、龍之介は慎重に辺りを見まわした。

やかましいほどに虫が鳴き続けていた。稲穂のそよぐ音や、車のエンジン音も聞こえた。だが、人の姿はまったく見えなかった。

龍之介は抱き締めていたバッグを開いた。そしてそこから、数時間前に完成したばかりの水筒のような形をした散弾銃を取り出した。

本当に、ちゃんと作動するだろうか？

自信はあった。だが、実際に使う前に、試してみる必要があった。

気がつくと、掌《てのひら》がひどく汗ばんでいた。脚も細かく震えていた。

掌の汗をズボンで拭《ぬぐ》うと、安全レバーをゆっくりと外した。そして、もう一度、辺りを見まわしてから、両手で筒状の散弾銃を握り締めた。

無意識のうちに唇を舐《な》める。銃口を錆《さ》びついたミニバンの車体に向ける。息苦しいほどに心臓が鼓動している。引き金に指をかける。立っていることさえ難しいほど脚が震える。

やれ。やるんだ。

怖気《おじけ》づいている自分に命ずる。

閉じてしまいそうになる目を必死で開く。奥歯を嚙み締め、もう何も考えずに引き金を引く。

その瞬間、耳を聾《ろう》するほどの爆発音が響き渡り、ミニバンの白いボディに十数個の黒い穴が開くのが見えた。

散弾銃をバッグに戻し、同じ形状の別の散弾銃を取り出す。

そう。龍之介は二丁の散弾銃を作製していた。

その銃を構えて、引き金を引く。再び轟音《ごうおん》が鳴り響き、ミニバンのボディにさらにたくさんの穴が開いた。

火傷《やけど》するほどの熱を持っている散弾銃をバッグに収めてから、龍之介は錆びついた古いミニバンに足早に歩み寄った。

ミニバンのボディにできた穴のひとつに触れてみる。その指が細かく震えている。指先がわずかな熱を感じる。

散弾銃から放たれた鉛の銃弾の数々は、鉄のボディを間違いなく貫通していた。

「大丈夫。これなら殺せる」

なおも唇を舐めながら、龍之介は低い声で呟《つぶや》いた。

また月を見上げる。やはり、月は龍之介を見つめていた。

2.

あの洋館のカメラやマイクは、すべて取り外して廃棄してしまったから、もはや自室にいながらルナの姿を見ることはできなかった。今、ルナがどこで何をしているのかもわからなかった。

それでも、きょうだけはどうしてもルナのそばにいたくて、龍之介は夕暮れ時に、丘の上に聳《そび》え立つ洋館へと歩いて向かった。

秋とは思えないほど気温が高かったが、日の入りの時刻は確実に早くなっていた。丘を上っていると、西の空とそこに浮かんだ雲の縁が美しい朱色に染まっているのが見えた。

その空をムクドリのものと思われる大群が舞っていた。いや、それは鳥の群れではなく、意思を持ったひとつの生命体のようにも見えた。

龍之介はムクドリの大群を網膜に焼きつけるかのように見つめた。

庭師たちは帰っただろうと思っていた。けれど、門を抜けた龍之介が洋館に向かって小道を歩いていると、大きな松の木の陰から出てきた庭師のひとりと遭遇してしまった。

「坊ちゃん、こんばんは」

真っ黒に日焼けした顔を歪《ゆが》めるようにして庭師が笑った。その庭師は昔からここで働いていたから、龍之介とは顔見知りだった。

「こんばんは、西野《にしの》さん」

汗の光る庭師の顔を見つめ返し、龍之介もぎこちなく微笑んだ。庭師はここに龍之介がいることに不審を抱いていないようだった。

玄関ポーチに立った龍之介は、ドアチャイムを鳴らす代わりに、ズボンのポケットから合鍵《あいかぎ》を取り出した。

これから無断でその家に忍び込むつもりだった。もし、家の中にいるかもしれないルナや家政婦に見つかってしまったら、適当なことを言ってごまかそうと考えていた。ルナも家政婦たちも、龍之介が今もこの家の鍵を持っていることを知っていた。

玄関のドアをそっと開ける。吹き抜けの玄関ホールが見える。

広々とした家の中は静かだが、微《かす》かに食器の触れ合うような音がする。ニンニクを使ったトマトソースみたいなにおいもする。きっと、キッチンで家政婦が、今夜のルナの食事を作っているのだろう。

ドアの鍵を閉める。履いてきたスニーカーを脱ぎ、背負ってきた黒いバッグにそっと収める。辺りを窺《うかが》いながら耳を澄ます。

ルナの声が聞こえた。家政婦のひとりの声もした。

間違いない。ルナは今、キッチンで加藤《かとう》という家政婦と話をしているのだ。

素早く階段へと向かう。足音を立てないように上る。円形の回廊を歩き、二階の西の外れに位置するルナの自室へと向かう。

『1』『0』『1』『0』と暗証番号を入力する。直後に、ロックが解除される微かな音が聞こえた。

そっとドアを開けた龍之介は暗い室内に素早く入り込み、開けたばかりのドアを静かに閉めた。

きょうはこれから朝までずっと、この部屋ですごすつもりだったので、朝から水分の摂取を控え、万一の時に備えて、ズボンの下にはリハビリパンツを穿《は》いていた。

カーテンはどれもいっぱいに開かれているから、明かりを灯《とも》すわけにはいかなかった。それでも、邸宅の敷地内には背の高い照明灯が何本も立っていたので、少しすると暗さに目が慣れていろいろなものが見えるようになった。

龍之介は窓に近寄らないように気をつけながら、ルナの自室の中を歩きまわった。

ルナの母は派手で高価な装飾品を好んだが、ルナの部屋はさっぱりとしていた。部屋のあちらこちらに置かれた花瓶では、色とりどりの薔薇《ばら》が花を広げていた。

3.

ルナが自室に戻ってきたのは二時間ほどがすぎた頃だった。

龍之介はソファの上でぼんやりとしていたのだが、暗証番号をプッシュする音を耳にした瞬間に、慌ててベッドの下に潜り込んで息を殺した。

すぐにドアが開けられ、いくつかのシェードランプが灯された。

ベッドの下にいる龍之介には、ルナの膝《ひざ》から下の部分が見えた。入浴と食事を終えたらしいルナは、丈の長い白いナイトドレスを身につけていた。足元は白いタオル地のルームスリッパで、その先端から真珠色のエナメルを施した爪先《つまさき》が覗《のぞ》いていた。

ルナはまず開け放たれていたすべてのカーテンを閉めた。その直後に、室内に音量を抑えたピアノの音が響き始めた。

驚いたことに、ショパンの『小犬のワルツ』だった。

ルナの部屋には小さな冷蔵庫が置かれ、そのそばにIHクッキングヒーターが設置されていた。ベッドの下の龍之介には、ルナの腰から下の部分しか見えなかったが、ルナはそのクッキングヒーターの上に赤い琺瑯《ほうろう》製のケトルを載せてから、ティーポットに缶から取り出した茶葉を入れたようだった。

やがてケトルが鳴り始めた。ルナがポットに湯を注ぎ入れたのだろう。芳《かぐわ》しい紅茶の香りが、ベッドの下で俯《うつぶ》せになっている龍之介の鼻にも届いた。

ルナは本棚に歩み寄り、そこから一冊の文庫本を取り出した。そして、紅茶をカップに注いでから、湯気の立つカップと文庫本を手にベッドに歩み寄り、掛け布団を捲《まく》り上げてその上にそっと身を横たえた。マットが微かに軋《きし》む音がした。

音がしないように気をつけて、龍之介は時間をかけて俯せから仰《あおむ》向けになった。

ショパンの旋律が続いていた。文庫本のページを捲る音が聞こえた。紅茶を啜《すす》る音もした。ルナが身動きするたびに、マットが微かな音を立てた。

龍之介は掌《てのひら》で、ベッドの裏側をそっと撫《な》でた。

ああっ、いる。こんなにも近くにルナさんがいる。

安堵《あんど》感にも似た感情が、龍之介の体にゆっくりと広がっていった。胎内で母の心臓の鼓動を聞いている胎児になったような気分だった。

一時間ほどがすぎ、ルナが音楽を止め、明かりを消した。広々とした室内には、静寂と暗がりが満ちた。

ルナの規則正しい寝息が聞こえ始めたのを待って、龍之介は体の向きを少しだけ変えた。

この部屋に忍び込むことができるのは、今夜が最後だった。

本当は決行を先延ばしにしたかったが、そういうわけにはいかなかった。四日後には石黒たちが弁護士を襲うことになっていた。


朝がくるまで、龍之介は眠らずに、ルナの寝息を聞き続けていた。ルナが寝返りを打つたびに、ベッドマットが微かな音を立てた。その音が愛《いと》おしかった。

朝になり、トイレを済ませたルナはすべてのカーテンを開いてから部屋を出て行った。これから朝食をとるのだろう。

龍之介はゆっくりとベッドの下から這《は》い出した。フローリングの床で寝ていたために全身が冷え切っていた。

いつまでもこの邸宅にいるわけにはいかなかった。きょう、龍之介にはやらなければならないことがあったから。

部屋を出る前に、龍之介はドレッサーに顔を映した。

その顔は穏やかで、怯《おび》えも、迷いもないように見えた。こちらを見つめている鏡の中の目は、自分でも驚くほどに澄んでいた。

そのことに、龍之介は満足した。

4.

その土曜日の夜も、ルナは自室でドレッサーに向かって集会の準備をしていた。

教団では土曜日ごとに信者が集い、月の神に祈りを捧《ささ》げ、教祖の話に耳を傾けていた。全国の支部に集った信者や、教会や支部に集うことができない者たちも、その集会にリモートで参加した。

長い時間をかけて化粧を終えたルナは、クロゼットの扉を開けて、そこに取りつけられた鏡に全身を映した。

鏡の中の女は白いノースリーブのロングワンピースを身につけ、顔に濃密な化粧を施していた。手足の爪には真珠色をしたエナメルが幾重にも塗られていた。

それはまさに、石黒賢太郎が作り出した妖艶《ようえん》な女教祖だった。

身支度を終えたルナは、ソファに腰掛けて壁の時計を見つめた。

教団はどうなってしまうのだろう。わたしはどうするべきなのだろう。

最近のルナは、そんなことばかり考えていた。

つい先ほど石黒から電話があって、近日中にまた、あのイニシエーションを行う予定だと告げられていた。

イニシエーションはおぞましかったけれど、今さら騒ぎ立てるようなことではなかった。たとえどれほど嫌なことが押し寄せてきたとしても、耐え忍べばいい、というだけのことだった。

耐え忍ぶことに、ルナは慣れていた。

そのルナが今、本当に耐え難いと感じているのは、教団が反社会的な団体になりつつあるということだった。

石黒は都合の悪いことをルナに報告しなかった。けれど、教団を巡る訴訟が何件も起こされていることは知っていた。大勢の人々が『月神の会』を、金儲《かねもう》けのことだけを考えている、怪しげでインチキな団体だと思っていることも知っていた。

それはルナの望みとはかけ離れたことだった。

教団を解体して、自首するべきなのだろうか？　わたしは殺人者としての罪を、贖《あがな》うべきなのだろうか？

ルナはまたそんなことを考えた。

5.

昼のうちはよく晴れていたが、予報では雨雲が接近していて、間もなく、激しい雨が降り始めるようだった。すでに分厚い雲が空全体を覆い尽くしていた。

玄関で踵《かかと》の高いパンプスを履いたルナは、目の前のドアをゆっくりと押し開けた。

意外なことに、ドアの向こうに龍之介が立っていた。

「どうしたの、龍ちゃん？」

「教会まで一緒に行こうと思って」

龍之介の顔に目をやった瞬間、ルナはいつもとは違うものを感じた。

「龍ちゃん、心配事でもあるの？」

気の弱そうな義弟の顔を、覗き込むかのように見つめてルナは尋ねた。

「いいえ。あの……何もありません」

龍之介はわずかに視線をさまよわせてから、色白の顔を歪《ゆが》めるようにして微笑んだ。

ルナは無言で頷《うなず》くと、パンプスの高い踵をぐらつかせながらすぐそこに建っている教会へと向かった。

暗かった辺りが、一瞬、真昼のように明るくなった。その直後に、地面が揺れるほどの雷鳴が響き渡った。

少し前までは、湿り気を帯びた暖かくて穏やかな風が吹いていた。だが、いつの間にか、その風はひどく冷たく感じられるようになっていた。風速も上がっていて、セットしたばかりの髪と、ワンピースの長い裾《すそ》が風にバサバサとなびいた。

空全体に広がった分厚い雲のせいで月は見えなかった。だが、ルナは月の神が今も自分を見ているということを、はっきりと感じとっていた。

また空がパッと明るくなり、それから一秒もしないうちに、凄《すさ》まじい雷鳴が辺りに響き渡った。

すぐ脇を歩いていた龍之介が急に立ち止まった。

「龍ちゃん、どうしたの？」

激しくなびき続けている髪を片手で押さえて、ルナは龍之介を振り向いた。

「僕と初めて……会った時のことを……ルナさんは覚えていますか？」

ルナの顔は見ずに龍之介が訊《き》いた。彼の髪もなびいて乱れていた。

「覚えてるよ。よく覚えてる」

ルナは答えた。十四歳だったあの日の彼は、整った顔を俯《うつむ》かせて戸惑ったような様子をしていた。

「あの日、ルナさんと会う直前まで……僕は、ルナさんの顔なんて見たくないと思っていたんです。心のどこかでは……憎いとも思っていたんです」

視線を落ち着きなくさまよわせながら、言葉を選ぶようにして龍之介が言った。

ルナは黙って頷いた。ルナの母と結婚するために、龍之介の父は妻を追い出したのだから、彼がそう思うのは当然のことだった。

「でも、実際に会って……ルナさんに声をかけてもらった瞬間に、あの……何ていうか……そういう感情が嘘みたいに消えてしまったんです」

ルナはまた無言で頷いた。そのあいだも、ワンピースの裾と髪が風になびき続けていた。あまりに風が強いせいで、体がよろけてしまいそうだった。

乱れた髪を押さえようともせずに、龍之介がさらに言葉を続けた。

「ルナさんのお母さんは、あの……最後まで、好きになれませんでした。でも……ルナさんのことは……すごく好きでした。大好きでした」

苦しげに顔を歪めた龍之介が、ゆっくりとした口調で言った。ルナに向けられた目は怯えているかのようにも見えた。

「ありがとう、龍ちゃん。わたしも龍ちゃんが好きよ」

義弟の腕にそっと手を触れてルナは微笑んだ。彼が『好きでした』『大好きでした』と過去形で言ったことが心に引っかかった。

「龍ちゃん、どうして急に、そんなことを言うの？」

ルナは尋ねた。だが、龍之介は「行きましょう」とだけ言って再び歩き出した。

強い風に抗《あらが》いながら、ルナは義弟の背中を追った。

龍之介は足早に歩いていたから、追いつくのは容易ではなかった。ルナが履いているパンプスの踵は十五センチもあったし、ワンピースの裾が脚に絡まって歩きにくかったから。

教会の入り口でようやく龍之介に追いつくと、ルナは「何かあったの？」と口にした。けれど、龍之介は「ルナさん、行きましょう」とだけ言うと、ルナを残してエントランスホールに入ってしまった。

ついに雨が降り始めた。ほんの数秒で、雨は叩《たた》きつけるかのような激しさになった。凄まじい勢いで地面に打ちつける無数の雨粒の音が、地上のすべての音を掻《か》き消した。

また辺りがフラッシュを焚《た》いたかのように明るくなった。その直後に、今まで以上に大きな雷鳴が轟《とどろ》き渡った。

6.

屋外では雨音と雷鳴が続いていた。けれど、防音性の高い教会内は、思ったよりずっと静かだった。その土曜日の晩も、広々とした『月の中庭』には白い衣類を身につけた百人を超える信者が集まっていた。

今夜は月が見えなかった。けれど、いくつかのライトが弱い光を投げかけていたから、歩くのに不自由するようなことはなかった。

ルナが足を踏み入れた瞬間、少しざわついていたその薄暗い空間がしんと静まり返った。

「教祖様がお見えです。みなさん、居住まいを整えてください」

拡声された石黒賢太郎の声が響き渡った。

それを合図に、信者たちが姿勢を正して教祖を見つめた。数台のカメラのレンズも、そのすべてがルナに向けられていた。

ここにいる信者たちの耳にも、教団を巡る醜い揉《も》め事の数々は届いているに違いなかった。家族に反対されている信者もいるはずだった。それにもかかわらず、ここに集った者のすべてが今も信仰を続けていた。真剣な面持ちで自分を見つめる信者たちの、その純粋な気持ちにルナは応《こた》えたかった。

信者たちをゆっくりと見まわしてから、ルナは頭上に視線を向けた。

天井には分厚い強化ガラスが張られていた。猛烈な勢いで叩きつける雨粒が、透き通ったそれを曇りガラスのように変えていた。

「聖なる催しを始めます。教祖様、お願いいたします」

うやうやしい口調で石黒が言った。

振り返ると、ルナの数メートル後方に立つ石黒の周りには、彼が教団の最高幹部だと決めた五人の男たちが立っていた。

いつものように、龍之介も石黒のすぐ脇に直立していた。幹部ではなかったが、彼はそこに立つことを許されていた。

た。
　ここでの龍之介はいつもルナを見つめていた。だが、今夜の彼はルナを見ていなかっ
　龍ちゃんはどうして急に、あんなことを言い出したんだろう？
　胸がざわつくのを感じながら、ルナは背後に立っている義弟を見つめ続けた。だが、
彼はあえてルナから視線を逸《そ》らしているようだった。
「教祖様。お願いいたします」
　石黒の声が再び響き、ルナは信者たちに向き直って静かな口調で語り始めた。
「みなさん、こんばんは。お変わりありませんでしたか？」
　ルナの言葉を耳にした信者の何人かが、小声で「はい」と返事をした。何人かは無言
で頷いた。
　ルナはまた背後を振り向くと、石黒のすぐ脇に立っている龍之介に視線を向けた。け
れど、やはり彼はこちらを見ていなかった。

　いつものように、ルナはゆっくりとした口調で信者たちに語りかけ続けた。
　ルナの言葉は目新しいものではなかったが、信者たちの多くがその言葉のひとつひと
つに頷《うなず》いていた。目を潤ませている者もいた。
「みなさん、隣にいる人たちのことを、自分のように思いやってください。自分のよう

に愛してください。そうすることで、みなさんの心は清らかになっていくのです」

背後に立つ龍之介のことは、今も気になった。だが、振り向くようなことはなかった。

「月の神には何も求めてはいけません。見返りを求めず、ただひたすら、月の神を讃《たた》えてください。月の神を讃えながら、自分の心に向き合ってください」

凄まじい爆発音が響き渡ったのは、ルナがそこまで言った時だった。

7.

ルナが話を始めた。賢太郎はその数メートル後方でルナの後ろ姿を見つめていた。

予報の通り、ついさっき、凄まじい雨が降り始めた。頭上を覆った分厚いガラスに、容赦ない激しさで雨粒が叩きつけていた。教会は防音性が高かったけれど、鳴り響く雷鳴がはっきりと聞こえた。

月が出ている夜の集いでは、照明を灯《とも》さないこともあった。だが、今夜の月は雲に覆い隠されていたから、ライトのいくつかを弱く点灯させていた。

その薄暗い空間に集った信者たちの姿が、時折、強烈な光に照らし出され、その直後に鳴り響く雷鳴が耳に届いた。

ルナは熱心に語り続け、信者たちはその言葉に耳を傾け続けていた。けれど、賢太郎はその話を聞いていなかった。

立花たちが立てた計画では、三日後に溝口弁護士を彼の自宅前で車の中に押し込み、飯塚裕也と原田健一が、それぞれ刃物を使って車内で殺害することになっていた。溝口を殺したら、その死体を積んで茨城県の山中に向かい、深い穴を掘って埋めてしまう計画だった。立花周平によれば、死体を埋める場所もすでに決めてあるようだった。

賢太郎の頭は今、そのことでいっぱいだった。

ルナの義弟が囁《ささや》くように声をかけてきたのは、ちょうどそんな時だった。

「石黒さん。ちょっと、いいですか？」

考えを中断されたことに微《かす》かな苛《いら》立《だ》ちを覚えながらも、賢太郎はすぐ右側に立っている龍之介に視線を向けた。

「こんな時に何だ？　神聖な儀式の最中だぞ」

小声で言うと、賢太郎はルナの義弟の気の弱そうな顔を見つめた。

「大事なお話なんです」

龍之介がさらに近づいてきた。

「だから、何だ？」

賢太郎が凄《すご》むような口調で言ったその瞬間、龍之介が黒い鞄《かばん》の中から手を出した。彼の手には筒状の物体が握られており、その先端を賢太郎の顔に近づけた。

それが何なのかを確かめる時間はなかった。直後に、轟音《ごうおん》が辺りに響き渡り、凄《すさ》まじい痛みが顔面に襲いかかった。

8.

猛烈な雨がガラスの天井を叩き続けていた。雷鳴も続いていた。だが、ここは防音性が高かったから、ルナの声が聞き取りにくいということはなかった。

いつかルナに、抱き締めてもらいたい。

それが龍之介の、ただひとつの夢だった。だが、その夢が叶《かな》うのを待っている時間はもはやないようだった。

龍之介は左手に提げていた黒革製の鞄を胸に抱き、その中に右手を差し込んだ。鞄には彼が作製した円筒状の散弾銃が入っていた。緊張のために汗ばんだ手で、龍之介はそれをしっかりと握り締めた。

石黒は今、龍之介のすぐ左側に立っていた。何を考えているのかはわからなかったが、彼は真面目な顔をしてルナの背を見つめていた。

石黒を殺すのを、別の日にしたらどうだろう？

龍之介の頭に、急にそんな考えが浮かんできた。

きょうではなく、別の日に……たとえば、あしたにすれば……そうすれば、少なくとも今夜またルナと話をすることができるのだ。

決めたはずなのに、心が揺れた。

けれど、やらない、という選択肢はなかった。

ルナは透き通った声で信者に語りかけ続けていた。

龍之介は自分の左側に立った事務局長に小声で呼びかけた。「ちょっと、いいですか？」

「石黒さん」

石黒が龍之介に視線を向けた。

「こんな時に何だ？　神聖な儀式の最中だぞ」

苛立ったように石黒が言った。

「大事なお話なんです」

そう口にしながら、龍之介は石黒にさらに近づいた。

「だから、何だ？」

横柄な口調で言うと、石黒が龍之介に向き合った。

もう何も考えず、龍之介は鞄から散弾銃を取り出し、その銃口を石黒の顔に向けた。

ハンサムな石黒の顔に、ハッとしたような表情が浮かんだ。

石黒の口が動きかけた。だが、その瞬間、龍之介は石黒の顔面に向けて、至近距離から二度にわたって銃弾を発射した。

9

耳をつん裂くような銃声が立て続けに響き渡り、端整だった石黒の顔が一瞬にして消えた。目や口の穴は残っていたが、眉《まゆ》も鼻も耳も皮膚もなくなり、わけのわからない真っ赤な肉の塊へと変わった。

無数の散弾を顔面に受けた石黒は、そのまま背後にばったりと倒れた。辺りに血飛沫《ちしぶき》が勢いよく飛び散った。

信者たちの悲鳴や叫び声が響いているようだった。だが、爆発音で耳がおかしくなっているために、龍之介にははっきりとは聞こえなかった。

石黒の顔面を撃った直後に、龍之介はもう一丁の散弾銃を鞄から取り出した。そして、血相を変えて逃げようとする幹部信者たちの背に、やはり二度にわたって散弾を撃ち込んだ。

またしても凄まじい轟音が続けざまに鳴り響き、走り去ろうとしていた立花周平が俯《うつぶ》せに倒れた。飯塚裕也も木村渉も同じように前方に倒れた。

それぞれの銃は二発ずつしか発砲できなかったから、龍之介は今度はナイフを鞄から取り出そうとした。だが、手間取っているうちに、右脚に散弾を受けたらしい原田健一が、叫び声を上げて龍之介に襲い掛かってきた。

龍之介は原田の体を押しのけようとした。だが、元警察官の原田の力には抗《あらが》えず、たちまちにして床に押さえ込まれてしまった。

そんな龍之介に何人かの男が駆け寄り、ひとりが力ずくでナイフをもぎ取った。

龍之介は抵抗をやめた。

倒れた三人に致命傷を与えられたかどうかは不明だったし、原田の傷はたいしたことはなさそうだった。だが、石黒の命だけは確実に奪えたように思われた。

そのことに龍之介は満足した。

10.

爆発音が聞こえ、ルナは反射的に振り向いた。

そして、見た。義弟が筒状の物体を手にしているのと、スーツ姿の人物が、吹っ飛ぶかのように背後に倒れるのを見た。

何が起きたのかはわからなかった。だが、倒れた人物から顔がなくなり、それが真っ赤な肉の塊のようになっているのは見えた。

倒れた人物を見た幹部信者たちが、声を上げて夢中で走り出した。その男たちの背に龍之介が、鞄から取り出した新たな筒状の物体を向けた。

ルナは悲鳴を上げた。だが、その声は二回の爆発音にかき消され、ルナ自身にも聞こえなかった。

立花周平と飯塚裕也、木村渉の三人が、脚がもつれてしまったかのように大理石の床に俯せに倒れ込んだ。原田健一も倒れたが、彼は一瞬で立ち上がった。

すぐに龍之介が鞄の中に手を入れて何かを取り出した。その直後に、駆け戻った原田が龍之介に襲い掛かり、あっという間に床に押さえ込んだ。

さらに何人かの男たちが龍之介を取り囲み、その手から筒状の物体を奪い取った。龍之介はほとんど抵抗しなかった。


『月の中庭』は騒然となった。鋭い悲鳴があちらこちらで上がっていた。

「医者はいませんかっ！　医療関係者はいませんかっ！」

石黒の脇に身を屈《かが》めた信者のひとりが大声で叫んだ。

何人かの男女の信者がすぐに立ち上がった。彼らはルナの脇を勢いよく擦り抜け、倒れている男たちに駆け寄った。そのひとり、男性信者が「僕は医者ですっ！　外科医ですっ！」と叫んだ。

「誰か、救急車をっ！　救急車を呼んでくださいっ！」

今度は若い女の叫び声が聞こえた。

その場に立ち尽くしたまま、ルナは再び龍之介に視線を向けた。彼は今、数人の男たちに押さえ込まれ、引きずられるようにして離れた場所に連れて行かれようとしていた。

「警察を呼べっ！　警察に通報するんだっ！」

原田健一の叫び声がした。

何人もの信者たちが悲鳴を上げ続けていた。顔を押さえて泣いている女の姿も見えた。

撃たれた四人が床に横たわっていた。立花周平は呻《うめ》きながら身を悶《もだ》えさせていたが、ほかの三人は動いていないように見えた。

倒れた四人の周りには、すでに何人もの男女が集まっていた。外科医だという男が、顔をなくしたスーツ姿の人物を仰向《あおむ》けにさせ、「事務局長っ！　事務局長っ！」と呼びかけていた。

顔での判別は不可能だったが、その人物は石黒賢太郎のようだった。

「石黒さん、聞こえますかっ！　事務局長っ！　事務局長っ！」

「立花さんっ！　しっかりしてくださいっ！　立花さんっ！」

何人もの男や女が口々に叫んでいた。

「木村さんっ！　木村さんっ！」

「飯塚さん、しっかりしてくださいっ！」

立花周平だけはその呼びかけに応じていた。だが、ほかの三人はまったく反応していなかった。

夢を見ているみたいだった。

猛烈に動揺しながらも、ルナは石黒だと思われる人物に歩み寄った。

歩くのが困難なほどに脚が震えていた。いや、脚だけでなく、体全体が自分のものとは思えないほど激しく震えていた。

石黒らしき人物を取り囲んでいた人々が、近づいて来る教祖に気づいて道を開けた。

ルナは石黒らしき人物のすぐ脇にしゃがみ込み、震え続けながら彼の顔を……いや、少し前までは顔だった部分を見つめた。

その部分はぐちゃぐちゃになっていた。かつては目だった穴や口だった穴があったけれど、眉も鼻も耳も消滅し、ただの肉の塊に変わっていた。腕や脚が不規則に痙攣《けいれん》していたが、医学に疎いルナの目にも手の施しようがないように感じられた。

「石黒さん……石黒さん……」

声を震わせてルナは石黒だと思われる人物に呼びかけた。だが、その人物はルナの言葉に反応しなかった。

辺りがまた真昼のように明るくなり、肉の塊になった顔を煌々《こうこう》と照らし出し、飛び散った多量の血液を鮮やかに光らせた。

直後に、雷鳴が轟《とどろ》いた。

11.

激しい雨が降り続いていた。雷鳴も続いていた。

大学病院の外科の医師だという三十代半ばの男性信者と、看護師だと名乗った数人の女性信者たちが、四人に呼びかけながら応急処置を施し続けていた。

いや、石黒だと思われる人物には、できることは何もないようで、応急処置が施されていたのは立花と木村と飯塚の三人だけだった。

木村と飯塚はやはり、医師らの呼びかけに反応しなかった。少し前まで、石黒だと思われる人物は手足を痙攣させていたが、今ではピクリとも動かなくなっていた。

その時になって、何が起きたのか、ようやくルナにも少しだけわかり始めていた。

そう。龍之介が幹部信者たちに散弾のようなものを撃ち込んだのだ。

「木村さんの呼吸は戻りません。心臓もダメです」

応急処置を続けている女が言った。二十代半ばの色白の女で、その目が涙で潤んでいた。

「飯塚さんも出血量が多すぎます。ここでは手の施しようがありません」

ルナの顔を見つめた外科医が唇を噛《か》み締めた。

ルナは震えながら頷《うなず》いた。恐ろしくて、気が遠くなってしまいそうだった。

誰かがライトのスイッチを操作したようだった。薄暗かった『月の中庭』が、球技ができるほど明るくなった。床には手製の銃だと思われる筒状の物体が二個転がっていた。

十分と経たないうちに、けたたましくサイレンを響かせた数台の救急車が到着し、車から駆け降りた隊員たちが倒れた四人を取り囲んだ。

救急隊員たちは一言、二言、言葉を交わし、すぐに四人を担架に乗せ、外に停車している救急車へと運んで行った。四人が横たわっていた床には、それぞれ血溜《ちだ》まりができていた。最後に、少し前まで、立花は呼びかけに応じていたが、その時にはすでに意識をなくしていた。

右脚を撃たれた原田が救急車で病院へと運ばれていった。

救急車と前後するように、パトカーも次々と到着し、警察官たちが龍之介を取り囲んだ。蒼白《そうはく》になった龍之介の顔には、表情というものがまったく見られなかった。

そんな龍之介に、ルナは必死で駆け寄った。

「龍ちゃんっ！　どうして、あんなことをしたのっ！　どうしてなのっ！」

警察官たちに囲まれている龍之介に、ルナは叫ぶように問いかけた。

だが、彼は青ざめた顔を俯《うつむ》かせているだけだった。

警察官のひとりが罪状を告げ、別の警察官が龍之介の手首に手錠を嵌《は》めた。金属の触れ合う音がルナの耳に届いた。

警察官に促されて龍之介は力なく歩き出した。

別の警察官が大声で、全員その場から動かないようにと告げていた。また別の何人かは、四人が倒れていた場所にカメラを向けていた。

離れていく義弟の名を、ルナは大声で叫んだ。だが、やはり、彼はこちらに視線を向けなかった。

複数の警察官が応急処置を施していた信者たちの話を聞き始めた。それと並行して、警察官のひとりがこの団体の責任者は誰かと尋ね、ルナは「わたしです」と、声を震わせて名乗り出た。

犯罪者を見るような目つきで自分を見つめているその警察官に、ルナは自分たちがどのような団体で、ここで何をしていたのかを説明した。

「あの……信者の人たちには、帰ってもらってもいいですか?」

おずおずとルナは尋ねた。もう儀式を続けることは不可能だった。

「もう少し、全員ここに残ってもらってください」

きっぱりとした口調で警察官が言い、ルナは黙って頷いた。

12.

あれほど激しかった雷雨は一時間ほどで嘘のように上がり、空には星が瞬き始めた。

夜空の外れには、ノアの方舟《はこぶね》のように見える月も浮かんでいた。

帰宅を許された信者全員が教会を出ていくのを見届けてから、ルナはパトカーに乗せられ警察署へ行った。そして、取調室のような殺風景な部屋で、数人の警察官から長時間にわたって質問を受けることになった。

心肺停止の状態で救急搬送された石黒賢太郎と飯塚裕也、木村渉の三人は、搬送先の病院で死亡が確認された。三人はほとんど即死の状態だったという。ＩＣＵで治療が続けられている立花周平も危険な状態のようだった。右脚に被弾した原田は軽傷で、入院はせずに帰宅したということだった。

その部屋にはルナのほかに四人の男性警察官と、ふたりの女性警察官がいた。その六人のすべてが、『月神の会』を怪しげで反社会的な宗教団体だと考えているようだった。彼らから質問を受けているあいだ、ずっとルナはそれを感じていた。

「あなたの義理の弟、七沢龍之介被疑者の犯行の動機について、思い当たることはありますか？」

五十代に見える男性警察官が難しい顔をして尋ねた。男は灰色の髪を短く刈り込み、黒っぽいスーツを身につけていた。

嫌々をするかのように、ルナは無言で左右に首を振り動かした。

龍之介がルナを守るためにしたのだろうということは、何となくわかっていた。だが、それ以上のことはわからなかった。

「あなたと被疑者の関係はどんな感じだったんですか？　良好だったんですか？」

今度は別の男が尋ねた。顔色の悪い大柄な男だった。その男もスーツ姿だった。

「あの……弟はわたしを、実の姉のように慕ってくれていました」

ルナは最後に見た龍之介の青ざめた顔を思い浮かべた。

「狙撃《そげき》された方々と、教祖である七沢さんの関係はどうでした？　良好でしたか？　それとも、教団の運営を巡って軋轢《あつれき》のようなものがありましたか？」

灰色の髪を刈り込んだ警察官が訊《き》いた。

「石黒さんと、時には……意見が相違することもありました」

ルナは今も震え続けていた。肉の塊になってしまった石黒の顔が、頭からどうしても離れなかった。

「被疑者と被害者たちとの関係はどうでした？」

「あの……弟はとてもおとなしかったから……石黒さんに逆らうようなことはありませんでした」

「被害者たち、特に石黒さんは、被疑者のことを、どう思っていたのでしょう？」

「もしかしたら……石黒さんは弟のことを、あの……見下していたかもしれません」

「見下していた？」

「ええ、でも、それは石黒さんだけではなくて、多くの人がそうしていたんです。あの……弟はすごく無口で、本当におとなしくて、いつもおどおどとしているから、それで

「……昔から、たくさんの人に馬鹿にされたり、見下されたりしていたんです」

言葉を選ぶようにしてルナは答えた。龍之介に不利になるようなことは口にしたくなかった。

その龍之介は今、同じ警察署内で取り調べを受けているようだった。さっき、女性警察官のひとりがそう教えてくれた。

優しくて、気が弱くて、ナイーブな龍之介が、たった今、怖い顔をした男たちに囲まれ、厳しい口調で問い詰められ、怒鳴りつけられているのだと思うと、いても立ってもいられない気持ちだった。

警察官たちと話している途中で、どこからかの電話を受けたひとりが、思い詰めたような顔をして、立花周平がたった今、死亡したとルナに伝えた。

ルナにできたのは、顔を強《こわ》ばらせて頷くことだけだった。

13.

警察官たちがようやくルナを解放してくれたのは、午後十一時をまわった頃だった。

署を出たルナは、大通りまで歩き、空車のタクシーがやって来るのを待った。

路面はすっかり乾いていたが、路肩のところどころには今も水溜まりが残っていた。下り車線に空車のタクシーはなかなか現れなかった。だが、五分ほどがすぎた頃、ようやく一台のタクシーがルナの前で停まった。初老の男が運転するタクシーだった。

その後部座席に乗り込むと、ルナは運転手に小声で行き先を告げてから、すぐ左側のサイドウィンドウに映っている自分の顔を見つめた。

濃密な化粧が施されたその顔は、ひどく疲れ切っていて生気がなかった。

ああっ、どうして……。

心の中でルナは呟《つぶや》いた。今もまだ、夢を見ているみたいな気がした。

これから毎日、龍之介は長時間にわたって尋問を受けることになるのだろう。独房のようなところに閉じ込められ、看守にさまざまなことを命じられるのだろう。もしかしたら、胸ぐらを乱暴に摑《つか》まれたり、口汚く罵《ののし》られたり、足蹴《あしげ》にされたりするようなことがあるのかもしれなかった。

世間を騒がせていた『月神の会』の幹部信者たちが、教祖の義弟に殺されたというニュースは、あっという間に日本中を駆け巡ったようだった。

もう夜も更けたというのに、教会やルナの自宅の周りには数えきれないほどたくさんの報道関係者が群がっていた。

そんな人々に、副事務局長の伊藤和俊が疲れ切ったような顔で対応していた。伊藤は無傷のようだったが、もしかしたら、殺されていたかもしれなかったのだ。

自宅の敷地内にルナの乗ったタクシーが進入した瞬間、無数のフラッシュが点滅を繰り返した。報道関係者たちは車から降りたルナを取り囲み、叫ぶかのように質問の数々を投げかけた。

今夜は疲れているので、日を改めて会見をさせてほしいと、ルナは人々に繰り返した。そして、人々に包囲されたまま自宅に向かって歩き続け、玄関のところで何とか包囲網から抜け出してドアの内側に身を滑り込ませた。


ふらつく足取りで自室に戻ったルナは、床に跪《ひざまず》いて深くこうべを垂れた。

「ああっ、どうして……どうして、こんなことが起きてしまったのでしょう？　龍ちゃんはこれから、どうなってしまうのでしょう？」

胸の前で骨張った手を握り合わせて、ルナは月の神に問いかけた。全能の月の神は、すべてのことを知っているはずだった。

お答えください。お答えください。

ルナは心の中で繰り返した。

やがて、月の神の声が聞こえた。

……ルナよ、これでいいのだ。教団を守るためには、ルナの弟という聖なる生贄《いけにえ》が必要だったのだ。

生贄という言葉に、ルナはゾッとして顔を上げた。

「生贄って……どういうことですか？　あなたは龍ちゃんを生贄にしたのですか？」

ルナはまた問いかけた。

けれど、今度は月の神からの返答はなかった。

ルナは静かに立ち上がった。ひどい眩暈《めまい》がして、今にも倒れてしまいそうだった。

『僕と初めて……会った時のことを……ルナさんは覚えていますか？』

そう言っていた龍之介の顔を思い出した。

そう。あの時すでに、彼は事を起こすつもりだったのだ。

龍ちゃん……どうして……どうして……。

心の中でルナは呻《うめ》いた。目の奥がまた熱くなるのがわかった。

第五章

1.

石黒賢太郎を含む四人が死んだと知ったのは、事件の翌々日のことだった。いかつい顔の警察官からそれを知らされた時、龍之介は心の底から安堵《あんど》した。石黒が生き延びることはないだろうと考えてはいた。だが万一、一命を取り留めてしまうようなことになったら……そう思って、気が気ではなかったのだ。

だが、石黒は死んだ。もう二度と、ルナにかかわることはできないし、教団をおかしな方向に進ませることもできない。

それが嬉《うれ》しかった。

一ヶ月近くにおよぶ取り調べが終わり、警察の留置場から拘置所に移されてさらに一ヶ月がすぎようとしていた。

龍之介が寝起きしている独房は、三枚の畳が敷かれた殺伐とした小部屋だった。壁も天井も灰色のコンクリートで塗り固められていて、便器と洗面台があり、かなり高い位置に鉄格子の嵌《は》められた小さな窓があった。部屋の出入り口にも頑丈な鉄製の格子が嵌められていて、その向こうの廊下を制服姿の看守が行き来するのが見えた。

食事は朝昼晩の三回で、どれも質素で味気ないものだった。けれど、気にしたことはなかった。龍之介にとって、食事は空腹を満たすためだけのものだった。

季節を感じることはほとんどなかった。小さな窓がひとつあるだけなので、天気もよくわからなかった。それでも、一日ごとに日が短くなっていくのは感じられた。

初老の国選弁護人は、犯行時の龍之介は心神喪失の状態だったと主張し、無罪を求めるつもりのようだった。

だが、無罪になることはないはずで、おそらく龍之介には極刑が言い渡されるのだろう。

死刑に処せられるのは怖かった。だが、後悔したことはなかった。それどころか、彼は一日に何度となく、ひとりで微笑みさえしていた。

僕はルナさんを救ったんだ。できるはずがないと、みんなが思っていたことを、僕は成し遂げたんだ。

そう思うたびに、満足感が広がった。

ここでの龍之介が接する人間は、食事を運んで来る看守と、何日かに一度やって来る初老の国選弁護人だけだった。

ルナは名のある弁護士を選定しようとしたようだった。だが、龍之介はその弁護士を断っていた。罪を軽くしてもらおうとは思わなかった。

警察の留置場にいた一ヶ月近くのあいだ、龍之介はほぼ毎日、取調室に連れていかれ、長時間にわたって警察官たちから尋問を受けていた。龍之介が黙っていたり、俯《うつむ》き続けたりしていると、苛《いら》立《だ》って机を拳《こぶし》で叩き、「返事をしろっ！」と怒鳴りつける警察官もいた。

犯行の動機については、警察官はしつこいほど何度も質問した。

「あいつらが大嫌いだった。だから殺しました」「あいつらが……特に、石黒が死んだと聞いて、心からほっとしました」「後悔したことはありません。本当なら、伊藤と原田も殺したかった」

龍之介は顔を俯かせてそんな言葉を繰り返していた。

石黒たちが弁護士の殺害を計画していたことについては、いっさい口にしていなかった。石黒が教団を支配していたことも話していなかった。

それらを話すと、事務局長の石黒が、なぜ、教祖を支配できたのかという問題になり、ルナが犯した殺人までが発覚してしまうかもしれなかったからだ。

警察は伊藤和俊と、原田健一からも事情聴取しているようだった。だが、伊藤と原田が、弁護士の殺人計画について口にすることはないはずだった。
そんなこともあって、今では警察官たちだけでなく弁護士までもが、この事件は龍之介の個人的な恨みや憎しみが発端になっているのだと考えているようだった。
大丈夫だ。ルナさんに、火の粉は降りかからない
そう考えて、龍之介は胸を撫《な》で下ろしていた。

2.

一ヶ月前に移送された拘置所の独房には、鉄格子の向こうの通路からFMラジオの音が入ってきた。新聞や週刊誌、書籍などを購入して読むこともできた。

それで龍之介は、最近のルナや『月神の会』について知ることができた。新聞や週刊誌に掲載されているルナの写真を見ることもできた。

どの写真でも、ルナは龍之介が贈った白真珠のピアスをつけていた。その真珠を見るたびに、自分が今もルナに寄り添っているように感じられて嬉しかった。

事件の直後に、ルナは会見を行っていた。その会見でルナは義弟の犯罪を謝罪し、遺族には誠意を持って補償をすると説明したらしかった。

後悔はしていなかったが、ルナを人殺しの姉にしてしまったことだけは申し訳ないと

感じていた。

石黒がいなくなったことで、『月神の会』は以前の姿に戻りつつあるようだった。教団からは年会費がなくなり、献金も求めなくなったと新聞や週刊誌に書かれていた。訴訟を起こしている人々とも和解を進めているらしかった。

きっと教祖の血液を滴らせたと偽ったワインの販売や、追加の献金をすることで教祖と一対一の接見をできるというシステムは、今はもうなくなっているのだろう。あのおぞましいイニシエーションも行われなくなっているに違いなかった。

最近のルナは、うっすらとしか化粧をしていないようだった。新聞や週刊誌の写真のルナは、踵《かかと》の低いパンプスを履いていた。爪も短く切り詰められていた。


報道機関の人々は、龍之介の同級生を探し出して取材に行っていた。だが、不登校を続けていた龍之介を、はっきりと覚えている者はいなかった。かつて同じクラスに在籍していた何人かが、『おとなしかった』『無口だった』『いるのか、いないのか、わからなかった』などと言っているだけだった。

その中のひとり、小学校の低学年だった時に同じクラスに在籍していたという女が、こんなことを口にしたようだった。

『七沢くんとわたしは飼育係でした。彼はウサギやニワトリの世話を一生懸命にしていました。わたしが覚えている七沢くんは心の優しい男の子でした』

褒められたことのない龍之介は、何度となく、その言葉を思い出した。一緒に飼育係をしていたという女性については、どうしても思い出すことができなかった。けれど、この地上にたったひとりだけでも、自分を覚えてくれている人がいたのだと思うと、生まれてきた意味があったような気がした。

3.

未決囚である龍之介には一日に一度、外部の人間との接見が認められていた。弁護士のほかに接見を求めて来るのは、報道関係者がほとんどだった。

だが、龍之介は弁護士以外のすべての接見を断っていた。

独房にひとりきりで閉じ込められている者の多くが、強い孤独を感じているようだった。正気を保っていることができなくなり、暴れたり、叫んだり、自傷行為をする者たちも少なくないようだった。

だが、龍之介が『寂しい』と感じることはなかった。群れることのないヤマネコのように、彼はひとりでいることを苦にしなかった。

それでも、ルナには会いたかった。『龍ちゃん』と呼んで、見つめてもらいたかった。

そのルナは、毎日のように拘置所にやって来て接見を申請していた。だが、龍之介はルナからの接見申請も断っていた。

そう。龍之介は決めたのだ。あの日、石黒たちを銃撃する前に、ルナには二度と会うまい、二度とかかわるまいと決めたのだ。

だが、その決意にもかかわらず、ルナから接見の申請が来ていると聞かされるたびに心が揺れた。

『はい。お願いします』

看守にそう伝えるだけで、ルナと会うことができるのだ。

『はい。会います』

そう返事をするだけで、その数分後にはルナの声を聞けるのだ。

だが、会うことはできなかった。ルナに顔を見られるわけにはいかなかった。

もし、顔を見られてしまったら、ルナのために石黒たちを殺したのだと気づかれてしまうかもしれなかった。そして、そうなった時には、ルナは『わたしのせいだ』と思い、自分を責めながら生きていくことになるはずだった。

そんなふうに、ルナに生きてもらいたくなかった。自分のことを思って、くよくよして欲しくなかった。

普通だったら耐えられないような試練の数々に、ルナは耐えてきたのだ。だったら、もう充分だった。

ルナからは頻繁に手紙が届いた。手紙の宛先《あてさき》にはルナの字で龍之介の名前が書かれていて、封筒の裏側にはルナの名前が書かれていた。

万年筆で書いたらしいその文字を見るたびに、龍之介は胸が熱くなるのを感じた。封筒の中には何枚もの便箋《びんせん》が入っているようだった。

けれど、やはり龍之介は看守が運んでくるその手紙を受け取らなかった。


ルナに忘れられるのは辛《つら》かった。ルナが忘れてしまった時には、自分はこの世界から消滅してしまいそうな気がした。

ルナは龍之介のすべてだった。そんな大切な人に忘れられたくはなかった。

それでも、ルナは忘れるべきだった。忌まわしい人殺しが、自分の義弟だったという事実を、これからは忘れて生きるべきだった。

優しくて、みんなから好かれるルナの人生には、龍之介がいなくても何の支障もないに違いなかった。


独房での多くの時間を、龍之介はルナの絵を描くことに費やしていた。

新聞や週刊誌にはルナの写真が掲載されていたが、そんな写真を頼る必要はなかった。

目を閉じれば、いくらでもルナの姿が浮かんできたからだ。

彼は描いた。ルナの絵を、何枚も、何枚も描いた。

澄ましているルナの顔を描いた。龍之介を見つめて微笑んでいるルナの顔を描いた。白いワンピースを身につけて、姿勢よく立っているルナを描き、ベッドで眠っているルナを描いた。わずかな背徳感を覚えつつも、全裸のルナを描き、華奢《きゃしゃ》な背中に彫り込まれている観世音菩薩を描いた。

それまで絵を描くことなどほとんどなかった。それにもかかわらず、ルナの絵はどれも、とてもよく描けていた。それが龍之介自身にも意外だった。

数日前、ルナの顔を描いている時に、その絵の上に水滴が滴り落ちた。

涙？

そのようだった。


ルナ以外の人のことを考えることはめったになかった。それでも、時折、母を思うこともあった。

どうやって探し出したのかはわからないが、何人かの報道関係者は龍之介の母を訪ねていったようだった。

だが、母は彼らの質問に、何ひとつ答えていないらしかった。

お母さんはどう思っているのだろう？　憐《あわ》れんでくれているのだろうか？　それとも、

迷惑なことをしてくれたと考えているのだろうか？

たぶん、後者なのだろう。龍之介はあの人を、殺人者の母にしてしまったのだから……。


その午後も龍之介は鉛筆を握ってルナの絵を描いていた。

ふっくらとした頬……尖《とが》った顎《あご》……細く描かれた眉《まゆ》と、眉のところでまっすぐに切り揃えられた前髪……切れ長の目……形のいい鼻……白い真珠のピアスがつけられた耳……柔らかそうな唇と、その唇のあいだから覗《のぞ》く白く揃った小粒な歯……紙の上で鉛筆を動かすたびに、絵は実際のルナにどんどん近づいていった。

夢中になって鉛筆を動かしていると、看守が廊下から「七沢さん」と呼んだ。

龍之介は声のほうに顔を向けた。鉄格子の向こうに立っていたのは、木田《きだ》という若い看守だった。

「七沢ルナさんから接見の申請がありました」

看守が優しげな口調でそう言った。

看守の多くは横柄な口調でものを言った。だが、木田というその若い看守はそうではなかった。いつだったか、龍之介の描いたルナを見た彼が、「綺麗《きれい》な人ですね」と言って微笑んだこともあった。彼はルナが龍之介の義理の姉であることも、『月神の会』の教祖であることも知っていた。

「断りますか？　それとも、きょうは会いますか？」

穏やかに看守が尋ね、龍之介は描きかけの笑顔のルナを無言で見つめた。

4.

あの事件から二ヶ月近くがすぎようとしていた。

一ヶ月前龍之介が警察の留置場から拘置所に移送されてから、ルナは毎日、必ず拘置所に赴いて接見を申請していた。

わたしの顔を見たら、龍ちゃんはきっと喜ぶ。

初めて拘置所に行って接見の申請をした日に、ルナはそう思っていた。

だが、意外なことに、龍之介はルナとの接見を拒否したということで、会うことはできなかった。

「どうしてですか？　どうして会ってくれないんですか？」

ルナは拘置所の職員に食い下がった。けれど、職員は首を傾げて、「理由はわかりかねます」と答えただけだった。

あの日、ルナは龍之介に菓子や下着の差し入れをした。龍之介が好きだった薔薇《ばら》の切花も差し入れた。だが、後日、彼がその差し入れを拒否したとわかった。

どうして会ってくれないんだろう？

そんなことを考えながらも、ルナは翌日も、その翌日も、そのまた翌日も拘置所に出向いた。

きょうこそ会ってくれるかもしれない。

いつもそれを期待した。だが、期待はことごとく裏切られた。

すでに終了した警察の取り調べで、龍之介は個人的な恨みや憎しみから石黒たちを殺したと繰り返したようだった。

だが、それは違うと、ルナは確信していた。

そう。違うのだ。龍之介はルナのために彼らを殺したのだ。

それ以外には考えられなかった。

『僕と初めて……会った時のことを……ルナさんは覚えていますか？』

事件を起こす直前に、吹き抜ける強風の中でそう問いかけた龍之介の姿を、あれからルナは何度となく思い出していた。


龍之介が頑《かたく》なに接見を拒んでいるので、ルナは彼に何通もの手紙を送った。

それらの手紙に、ルナは『会いたい』という言葉を何度も書いた。けれど、龍之介は手紙の受け取りさえ拒んでいるらしく、すべての手紙がルナの元に戻ってきた。

どんな部屋で寝起きしているのだろう？　どんなものを食べているのだろう？　毎日、何を考えているのだろう？　眠れているのだろうか？　怒鳴られたり、小突かれたりしていないだろうか？

何をしていても心に浮かんでくるのは龍之介のことだった。

弁護士は心神喪失を訴え、無罪を主張するつもりのようだった。だが、無罪になることはないだろう。考えたくはなかったが、四人もの命を奪った義弟には、死刑判決が言い渡される確率が高いように思われた。

すべてがルナのせいだった。

ルナは夜ごと床に跪《ひざまず》き、月の神に祈りを捧《ささ》げた。その時に、自分のために犠牲になろうとしている龍之介について尋ねることもあった。

だが、月の神は『案ずるな』と繰り返すだけだった。

5.

きょうも無駄足になるのだろう。

そんなことを考えながら、その午後もルナはタクシーで拘置所へと向かった。

ルナはきょうも裾《すそ》の長い白いワンピースを身につけ、踵《かかと》の低いパンプスを履いていた。

石黒が死んでからのルナは、薄くしか化粧をしなかった。マニキュアもペディキュアもしなっていた。

ここ数日、天気の悪い日が続いていた。だが、きょうは朝からよく晴れて、頭上には抜けるような冬の空が広がっていた。街路樹のイチョウは今ではすっかり裸になっていた。

拘置所に着いたのは、午後二時をまわった頃だった。

いつものように、待合室にはたくさんの人がいた。弁護士らしき人々の姿も見えたし、子供を連れた母親や老人もいた。どぎついほどの化粧を施し、派手な衣類を身につけ、たくさんのアクセサリーを光らせている女たちも何人かいた。

そこにいるほとんどの人が、まだ判決が確定していない未決囚か、死ぬまで拘置所から出ることのない死刑囚との接見を待っているのだ。

広々とした待合室は騒がしいということはなかったが、静まり返っているというわけでもなかった。そこは、たとえば、大きな病院の待合室に……たとえば、国際空港の出発ロビーに、どことなく似ていた。

同じ建物の中にいる龍之介を思いながら、ルナは待合室の片隅にある大きな掲示板にぼんやりとした視線を向けていた。その掲示板に、ルナが手にした紙片の番号が現れたのは、拘置所に着いて三十分ほどがすぎた頃だった。

えっ？　会えるの？

手にした紙片の番号と、掲示されている番号を何度も見直してから、ルナは椅子から立ち上がった。

嬉《うれ》しいはずなのに脚が震えていた。

接見室には撮影機材や録音機材、危険物などの持ち込みが禁止されていたから、ルナは金属探知機を手にした女性職員から入念な身体検査を受けた。そして、いくつかの書類にサインをし、スマートフォンや財布の入ったバッグなどを金属製のロッカーに入れ、そのロッカーキーを手首につけてから、ようやく二重になった重たい扉を抜けた。

扉の向こうには、緩いカーブを描いた長い廊下が延びていた。幅がかなり広く、とても天井の高い清潔な廊下だった。廊下にはいくつかのドアがあったが、窓はひとつもなく、天井に等間隔で取りつけられたライトがグレーのカーペットを照らしていた。

長い廊下はずっとカーブを続けていたから、遠い前方を見ることはできなかった。歩いているのはルナだけのようで、足音は聞こえなかったし、擦れ違う人もいなかった。

女性職員が説明した通り、やがて廊下の突き当たりに二基のエレベーターが現れた。

ルナはそのエレベーターで龍之介が収監されている五階へと上がった。

エレベーターの扉が開くと、その先に小さな待合室があり、大きなガラス窓の向こう側の部屋に、職員と思われる何人かの男たちがいた。ルナがエレベーターから降りた瞬間、その男たち全員が顔を上げ、少し驚いたような表情をしてルナを見つめた。

ルナはその窓に歩み寄ると、すぐ近くにいた若い職員に手にした書類を差し出した。

「準備をいたしますので、少しお待ちください」

職員が丁寧な口調で言った。彼の胸には『木田』と書かれた名札があった。

「あの……龍之介は元気にしていますか？」

身を乗り出すようにしてルナは尋ねた。

若い職員は返事をしなかったが、ルナを見つめて深く頷《うなず》いた。


五分ほどでさっきの職員がルナを呼んだ。

「七沢ルナさん、一番のドアから入ってください」

小さな待合室の左側にある狭い通路を指差して職員が言った。

ルナは職員に頭を下げ、三つあるうちのいちばん奥のドアへと向かった。

今も脚が震え続けていた。口の中はカラカラだった。

ドアを開けると、天井の低い小部屋があった。小部屋の中央は一メートルほどの高さの黒い壁と、その上に取りつけられたアクリル板で仕切られていた。壁のこちら側には三脚の椅子が置かれていた。向こう側には小窓のついた鉄製のドアがあった。

ルナは中央の椅子に座り、その頑丈そうなドアを見つめた。

やがて小窓に人影が映り、続いて、鉄製のそのドアが向こう側に開かれた。

その瞬間、ルナは思わず椅子から腰を浮き上がらせた。

そこに彼がいた。義弟が顔を俯《うつむ》かせて立っていた。

龍之介は白い長袖《ながそで》のボタンダウンシャツに、白いズボンという恰好《かっこう》をしていた。顔は青ざめていて、随分と痩《や》せたように感じられた。

ほんの一瞬、ルナと彼の視線が交錯した。だが、次の瞬間には、龍之介は視線を逸《そ》らしてしまった。

「龍ちゃん……龍ちゃん……」

ルナは立ち上がり、呻《うめ》くように呼びかけた。目の前のアクリル板が息で白く曇った。

だが、龍之介は顔を上げなかった。

龍之介に続いて制服姿の職員が入ってきた。さっきとは別の年配の職員だった。

その職員に促され、龍之介はルナの正面に腰を下ろした。顔を俯かせたままで、ルナを見ようとはしなかった。

ああっ、龍之介がいる。こんなにも近くに……手を伸ばせば届くところにいる。

形容し難い思いが、ルナの胸に湧き上がってきた。

「龍ちゃん……龍ちゃん……」

目に涙が滲《にじ》むのを感じながら、ルナはまたその名を繰り返した。

けれど、やはり龍之介は顔を上げなかった。

彼は震えていた。顔を俯かせていても、奥歯を噛《か》み締めているらしいのが見てとれた。

6.

ドアを開けると、ルナがいた。透明なアクリル板の向こうから、今にも泣きそうな顔で龍之介を見つめていた。

心が震え、叫び声を上げてしまいそうだった。だが、次の瞬間、龍之介はルナから視線を逸らした。

喜ぶ素振りなど、見せてはならなかった。彼女のために石黒たちを殺したのだと、ルナに悟らせてはならなかった。

「龍ちゃん……龍ちゃん……」

細く透き通ったルナの声が耳に飛び込んできた。ずっと聞きたかった、あの声だった。

看守に促され、龍之介は顔を俯かせたまま、ルナの正面の椅子に腰を下ろした。

「龍ちゃん……龍ちゃん……」

すぐ前にいるルナの声がまた聞こえた。顔を俯かせていても、ルナが立ち上がり、額が触れるほどアクリル板に顔を近づけているのがわかった。

泣いてしまいそうだった。だが、泣くわけにはいかなかった。

「龍ちゃん、こっちを見て……わたしを見て……」

縋《すが》るかのようにルナが言い、龍之介は口を一文字に結んだまま、ゆっくりと顔を上げた。

すぐそこにルナの顔があった。ずっと見たかったその顔が、たった今、そこにあった。

「龍ちゃん……」

ルナが両手を伸ばしてアクリル板に触れた。切れ長の目に涙が滲んでいた。

「何をしに……来たんです？」

龍之介は訊《き》いた。

できるだけ素っ気ない口調で言おうとした。だが、その声は掠《かす》れていて、自分でもわかるほどに震えていた。

「龍ちゃんに……会いたくて……会いたくて……」

呻くようにそう言った瞬間、ルナの目から涙が溢《あふ》れ出た。

今にも涙が込み上げてきそうで、龍之介は慌てて顔を俯かせた。

「僕は……会いたく……ありませんでした」

龍之介は深呼吸してから、声が震えないように気をつけて言った。

ほんの少しの沈黙があった。その沈黙のあいだに涙で目が潤み始めた。

やがてまた、ルナの声が耳に届いた。

「わたしに……会いたくないって……それは、あの……どうしてなの？」

ルナの顔を見たかった。だが、龍之介は顔を上げなかった。涙を見られるわけにはいかなかった。

「嫌い……だからです」

顔を俯かせたまま、呟《つぶや》くように龍之介はそう口にした。

「嫌いって……」

呟くかのようにルナが言った。

「僕はずっと、ルナさんが……嫌いでした。ずっと……恨んでいました」

下を向いたまま、龍之介は言葉を続けた。

「急に……何を言い出すの？」

ルナが言った。下を向いていても、彼女が自分を凝視しているのがわかった。

顔を俯かせて、龍之介はさらに言葉を続けた。

「ルナさんのお母さんが……僕の母を追い出したんです。だから……僕はルナさんのお母さんを恨んでいた。娘のルナさんも……恨んでいた……あなたたちふたりを、僕はずっと……恨んでいたんです」

龍之介は言った。滴り落ちた涙が、白いズボンに染みを作るのが見えた。

「嘘よ……そんなの嘘よ」

喘《あえ》ぐようなルナの声が聞こえた。「わたしが嫌いなら、どうして……どうして、いつもあんなに優しく接してくれたの？」

「隙を……狙っていたんです……」

「隙を？」

「そうです。ルナさんをいつか……あの四人みたいに殺すために……油断させておこうと思っていたんです」

心にもない言葉を龍之介は口にした。顔を俯けてはいたが、涙が滴り続けていたから、もしかしたらルナは、泣いていることに気づいてしまったかもしれなかった。

「嘘……そんなの、嘘よ……」

「嘘じゃありません。僕は……僕は月の神なんて……最初から信じていなかった……いつかルナさんを殺すために、隙を……狙っていただけなんです」

龍之介は喘ぐように呼吸しながら、ようやくそう言った。

「ねえ、龍ちゃん。あんなことをしたのは……わたしのためだったんでしょう？　わたしを……助け出すためだったんでしょう？　このピアスも、本当は龍ちゃんがくれたんでしょう？」

驚くようなことをルナが言い、龍之介はついに顔を上げた。

泣き顔を見られたくはなかった。けれど、最後にもう一度だけ、ルナの顔を見ておきたかった。これが最後なのだから、いつでも思い出すことができるように、愛おしい人の顔を網膜に焼きつけておきたかった。

龍之介と同じように、ルナは泣いていた。あの切れ長の目から、大粒の涙を絶え間なく溢れさせていた。

ああっ、ルナさん……ルナさん……ルナさん……。

心の中で龍之介は呻き声を上げた。

龍之介はシャツの袖で無造作に涙を拭《ぬぐ》った。そして、すぐそこにあるルナの顔を凝視し、声を振り絞るようにして言った。

「何を勘違いしているんです？　石黒たちを殺したことと、ルナさんとは……無関係です。僕は……石黒たちが嫌いだった。だから……殺した。それだけです。さあ、帰ってください……二度と来ないでください。手紙も……送らないでください……さようなら」

龍之介は立ち上がってルナに背を向けた。そして、看守に「時間の無駄だから戻ります」と告げ、目の前にある鉄製のドアへと向かった。

「待って、龍ちゃんっ！　待ってっ！」

背後からルナの声が聞こえた。

振り向きたかった。最後にもう一度、ルナの顔を見たかった。

だが、彼は振り向かなかった。

看守に連れられて独房に戻った龍之介は、崩れ落ちるかのように床に蹲《うずくま》った。そして、出て行った看守の足音が聞こえなくなったのを確かめてから、自分の髪を両手で鷲摑《わしづか》みにし、声を殺して泣きじゃくった。

これでいいんだっ！　これでいいんだっ！

髪が抜けるほど掻《か》き毟《むし》り、唾液《だえき》を滴らせながら、心の中で龍之介は叫んだ。

ルナは彼の全世界だった。その世界が今、消滅したのだ。

もう僕はひとりだ……本当に、ひとりぼっちだ……。

広大で真っ暗な宇宙空間を、たったひとりでさまよっているような気がした。

十四歳になるまで、龍之介が寂しさを感じることはなかった。『寂しい』という感情がどういうものなのかさえも、よく理解できなかった。

けれど、ルナと出会ってから、彼はその感情の正体をはっきりと知った。

7.

西の空に細い月が浮かんでいた。

明かりを消した自室の床に跪《ひざまず》き、大きな窓からルナはその月を見つめ続けていた。

床に跪いたまま、拘置所の接見室で龍之介が口にした言葉の数々を思い浮かべた。

龍之介はルナを恨んでいたと言った。嫌っていたとも言った。

だが、ルナはその言葉を信じていなかった。龍之介が自分を恨むはずはなかった。嫌うはずはなかった。

ルナは思い出した。初めて会った時の龍之介を思い出した。

あの日、ルナは十五歳で、龍之介は十四歳だった。

何て綺麗《きれい》な目をした男の子なんだろう。

自分に向けられた龍之介の顔を見て、ルナはそう思った。

あの時、自分が彼にかけた言葉を、ルナは今もはっきりと覚えていた。

『こんにちは、龍之介くん。ルナです。これからよろしくお願いします』

自分の義弟となる少年に、ルナはそう声をかけて微笑んだのだ。

龍之介はとても無口な少年のようだった。けれど、あれから、彼とルナは数えきれないほどたくさんの言葉を交わした。

自分はいったい、何千回、『龍ちゃん』という名を口にしただろう。彼が『ルナさん』と呼ぶのを、何千回、聞いただろう。

喧嘩《けんか》をしたことはなかった。口論をしたことさえなかった。

『僕はルナさんの味方だよ。僕はいつも……ルナさんの側に立っているからね』

刺青《いれずみ》を彫られた日に、ドアの向こうから龍之介が自分に言ったことを思い出した。

『ルナさん、おはようございます』

龍之介の声が、まるで彼がすぐそこにいるかのように耳に甦《よみがえ》った。

『ルナさん、何を弾きましょう？』

『ルナさん、お疲れ様です』

『おやすみなさい、ルナさん』

『ルナさん……ルナさん……』

床に跪いたまま、ルナはまた月を見つめた。

滲《にじ》み出た涙で、その月が霞《かす》んでいた。


急にふと、龍之介と並んで桜を見た夜のことを思い出した。

この邸宅の敷地の西の一角には何本かの大きな桜が植えられていて、春には美しい花をたわわに咲かせていた。

ルナの部屋の窓からは、その桜がよく見えた。けれど、外部の人間は邸宅の敷地内に入れなかったし、ルナの母も義父も桜には興味がなかったようで、その桜を愛《め》でる人はほとんどいなかった。

あれはルナがこの屋敷で暮らすようになった翌年の、春の夜のことだったと記憶している。あの夜、十五歳だったルナは、満開になった桜を一緒に見ようと義弟を誘った。

龍之介は驚いたような顔をしたし、戸惑った様子も見せた。それでも、照れたように頷《うなず》きながら、ルナと並んで庭に出てくれた。

桜の樹の下にはベンチが置かれていた。ルナがそこに腰を下ろし、龍之介もおずおずとルナの隣に座った。

敷地内に何本も立てられた背の高いライトが、満開の桜を照らしていた。

「綺麗ね」

桜を見上げて、ルナは龍之介に言った。

「ええ。綺麗ですね」

すぐ隣で桜を見上げていた龍之介が答えた。

無言で桜を見上げているうちに、何となく、親密な気持ちが湧き上がってきて、ルナはすぐ隣にいる龍之介の肩に首をもたせかけた。

その瞬間、龍之介の肩がビクッと動いた。もしかしたら、驚いたのかもしれなかった。けれど、彼は動かずにいた。だから、ルナも長いあいだ、義弟の肩に首をもたせかけていた。

あの頃、すでにルナは義父からの性的暴行を受けていて、絶望的な気持ちで日々を送っていた。死のうと考えることさえあった。

あんなこともあったな。

ルナは思った。そして、心を込めて呟《つぶや》いた。

「龍ちゃん……龍ちゃん……」

その声が離れたところにいる龍之介に届けばいいと思った。

エピローグ

今夜は眠れないだろうと思っていた。だが、ほんのちょっとのあいだ、眠りに落ちたようだった。

夢を見た。母の夢だった。

その夢は、目覚めるとすぐに忘れてしまった。だが、龍之介は暗がりに沈んだ天井を見つめて、自分の母だった女性のことを考え続けた。

『龍之介にもいつか、好きな女の子ができればいいなと思っているの』

いつだったか、ピアノの練習の合間に、母がそんな言葉を口にしたことがあった。

どうしてそんなことを言うのだろうと考えながら、龍之介はすぐ隣に座っている母を見つめた。

母を別にすれば、それまで彼は一度として、異性を好きになったことがなかった。

そんな彼に向かって、母が言葉を続けた。

『もし、人を好きになったら、すべてのものがまったく違って見えるはずよ』

あの時、龍之介は何も言わずに頷いた。心の中では、これからも自分が誰かを好きになることは決してないだろうと思っていた。

だが、その後しばらくして、彼の前にルナが現れた。そして、母が言った通り、その瞬間から世界が一変した。


看守の足音がゆっくりと近づいて来て、龍之介の房の前を通りすぎて行った。その足音が遠ざかっていくのを待って、龍之介は布団から出て畳の上に跪いた。

明かりは灯《とも》していなかったが、廊下から微《かす》かな光が入ってくるので、房の中は真っ暗というわけではなかった。

跪いたまま、龍之介は胸の前で拳《こぶし》を握り合わせた。そして、目を閉じ、こうべを垂れ、ルナが信じる月の神に祈りを捧《ささ》げた。

独房の窓から月が見えることはなかった。それでも、食事を運んできた木田という看守が教えてくれたから、今夜は細い月が浮かんでいることは知っていた。

月の神様、ルナさんをお守りください。

ルナはいつも、月の神に何かを求めてはならないと言っていた。だが、今夜はそれを願わずにいられなかった。

お守りください。ルナさんをお守りください。

こうべを垂れたまま、龍之介は心の中で繰り返した。

今はもう、月の神の返事を待つことはなかった。ルナが常々、見返りを求めてはいけないと言っていたから。それに今、龍之介が信じているのは月の神ではなく、ルナだけになっていた。

目を閉じたまま、ゆっくりと顔を上げる。網膜に焼きつけたルナの姿をじっと見つめる。

ふと急に、邸宅の敷地内に咲いていた桜を、ルナとベンチに並んで見上げた時のことを思い出した。

あれはルナが家にやってきた翌年の春のことだった。

ある晩、ルナが龍之介の部屋にやって来て、庭の桜を一緒に見ようと誘った。

「桜……ですか？」

「うん。龍ちゃんと一緒に見たら、ひとりで見るより楽しいかと思って」

龍之介はかなり戸惑いながらも、ルナと一緒に家を出ると、敷地の西の一角に植えられている桜へと向かった。

そこで毎年、桜の巨木が美しい花を咲かせているのは知っていた。だが、今までは何とも思わなかった。歩いていれば目に入ったが、足を止めて見つめたこともなかった。

背の高いライトが、満開の桜を照らしていた。まるで初めて見るかのように、龍之介はその桜を見つめた。

桜の樹の下にはずっと前からベンチが置かれていた。ルナがそのベンチに腰を下ろし、龍之介もおずおずとルナのすぐ隣に座り、満開になっている頭上の桜を見上げた。

「綺麗《きれい》ね」

ルナが言った。

「ええ。綺麗ですね」

龍之介は答えた。桜を綺麗だと思ったのは、あれが初めてだった。

どのくらいのあいだ、無言で桜を見上げていただろう。

ルナがすぐ隣に座った龍之介の肩に、そっと首をもたせかけてきた。

龍之介はひどく驚いた。だが、肩を引っ込めたり、ルナの頭を払い除《の》けたりするようなことはせず、体を硬くしてじっとしていた。

ルナの頭は温かかった。彼女の髪からは、とてもいいにおいがした。

永久にこうしていたい。

あの夜、龍之介はそう切望した。

子供の頃、龍之介は、なぜ僕は生まれてしまったのだろうと、しばしば考えていた。生まれてこなければよかったと思うこともあった。

だが、あの時、初めて、生まれてきてよかったと感じた。

龍之介は閉じていた目を静かに開けた。

ルナの声が聞こえたのはその時だった。

『龍ちゃん……龍ちゃん……』

幻聴ではなかった。たった今、ルナが自分の名を繰り返しているのだ。

「ルナさん……ルナさん……」

ルナの声に応《こた》えるかのように、龍之介もそう呟いた。

その瞬間だった。コンクリートに囲まれた狭い房の中を風が吹き抜け、龍之介の髪をサッとなびかせていった。

その独房で風を感じたのは初めてだった。

今、ルナさんが僕のことを思ってくれているんだ。

龍之介は確信した。

これで充分だった。世界は今も、間違いなく彼の手の中に存在していた。

あとがき

この本を書きながら僕は何度となく、彼のことを思い出していた。オウム真理教《しんりきょう》（現Aleph）の元信者で、深夜の住宅街や満員の地下鉄にばらまかれたサリンを作った罪で、教祖の麻原彰晃《あさはらしょうこう》と同じ朝に極刑に処せられた土谷《つちや》正実《まさみ》くんのことを、だ。

土谷正実くんと僕は幼い頃からの顔見知りだった。彼の実家と僕のそれとが、東京郊外の多摩丘陵の住宅街に並んで建っていたからだ。

顔見知りと言っても、土谷くんは三学年下だったから、かつての僕たちはそれほど親しくなかった。道で会えば会釈する程度の仲でしかなかった。

その彼について初めて書いたのは、一九九八年の春に河出書房新社から刊行された『死者の体温』のあとがきだった。僕はそのあとがきに、中学生だった彼が校舎の四階にあった教室のベランダの手すりの上に直立して端から端まで歩いたというエピソードを書き、彼を『恐怖という感情を持たない少年』と表現した。

それから十二年がすぎ、そんなことを書いたことさえ忘れていた二〇一〇年の春に、土谷くんの婚約者だという女性が僕に連絡をしてきた。彼女はたまたま僕の愛読者で、『死者の体温』を読んで土谷くんに僕のことを伝えたようだった。

すると、土谷くんが僕に会いたいと言い出した。そして、それがきっかけとなって、僕は彼とかかわるようになった。

当時の彼は、オウム真理教が引き起こした一連の事件で逮捕・起訴され、一審・二審で死刑判決を受け、最高裁での判決を待っている身だった。

中学生の頃から、土谷くんは物理や化学や数学が好きだったという。だが同時に、彼は超自然の現象に、憧《あこが》れに近い興味を抱いていた。世の中には科学では説明のできないことが、間違いなく存在していると信じていたのだ。

オウム真理教に入信し、出家信者となったのも、超自然に対する憧れが理由のひとつのようだった。彼は気だけで相手を吹っ飛ばすことができると、本気で信じていた。

土谷くんからは毎週のように手紙が届いた。彼から手紙が来るたびに、僕も手紙を書いた。最低でも月に一度は、東京拘置所に接見にも行った。

外部とはいっさいの接触のない彼の話は、ひどく限られたものだった。それでも、拘置所内にはFMラジオの音が流れているようで、音楽については詳しくて、限られた接見時間中、ずっと好きな音楽について喋《しゃべ》り続けることもあった。

彼と接見している時の僕は、たいてい夢中で話をしている彼の言葉に黙って頷《うなず》いていた。彼が話すことの多くは、僕には興味を持てないことだった。だが、それを口にしたことはなかった。

ほかに話せる人がいないのだから、せめて僕が聞いてあげようと考えたのだ。

そんな日々の中で、いつしか僕は彼を『もうひとりの弟』のように感じるようになっていった。

二〇一一年の秋に、凄《すさ》まじい台風十五号が東京に襲いかかった。その直後に届いた彼の手紙に、『昨夜は実に久しぶりに耳にした外界の音を、まるで子守唄《こもりうた》のように聴きながら眠りました』と書かれていた。

土谷くんがいた三畳ほどの独房の窓は、基本的にはいつも閉められている。だから、鳥のさえずりも、蝉の声も、街の喧騒《けんそう》も届かない。それでも、台風のように猛烈な風が吹き荒れる時には、彼の独房にもその音が入ってくるというのである。

実に久しぶりに耳にした外界の音……。

それを読んだら、目頭が熱くなった。

その少しあとに届いた手紙では、彼は僕が差し入れた花について書いていた。たとえ花とはいえ、同じ部屋の中に自分以外の生命体の存在を感じることで、彼は優しい気持ちになれるのだという。

土谷正実くんは優しい子供だった。僕はそれを知っている。

雨が降った翌日、幼かった彼はアスファルトの路上に這《は》い出たミミズたちを、一四一匹拾い上げ、それを草むらに戻していた。太陽の光にさらされたら、ミミズたちが干からびてしまうからというのが理由だった。

だが、彼は師を間違え、サリンを製造した。そして、死刑判決を受け、二〇一八年七月六日の朝に、東京拘置所内で絞首刑に処せられた。

あの事件では大勢の人が亡くなり、大勢の人が深刻な被害を受けた。そして今も、大勢の人が心身に受けたダメージに苦しみ続けている。その罪は誰かが償わなくてはならない。

「死をもって償うしかない」

いつだったか、接見時に、彼は僕の前でそう言った。

だとしたら、彼の場合は、あれでよかったのかもしれないとも思う。

刑の執行後に、婚約者の女性から届いたメールに、彼が僕のことを、『ただひとりの友達だと思っていて、実の兄のように慕っていた』と書かれていた。

そんなふうに思ってくれていたのか。

僕にできたのは、彼の冥福《めいふく》を祈ることだけだった。

本作『プロミス・ユー・ザ・ムーン』の執筆にあたっては、担当編集者の伊藤泰平氏に本当にお世話になった。この場を借りて、心よりの感謝の言葉を捧《ささ》げたい。

伊藤さん、ありがとうございました。必死に書き続けます。どうぞ、よろしくお願いいたします。

僕の計算が正しければ、本作品は新刊としては七十四作目ということになる。こんなにたくさんの本が書けたのは、読んでくれているみなさまのおかげです。

みなさま、ありがとうございます。異端の作家でしかない僕は、みなさまの応援なしには書き続けられません。これからも、よろしくお願いいたします。

二〇二四年　真夏日の晩夏の午後に

大《おお》石《いし》　圭《けい》

本書は書き下ろしです。

プロミス・ユー・ザ・ムーン
大石《おおいし》 圭《けい》

角川ホラー文庫 24426

令和6年11月25日 初版発行

発行者——山下直久
発 行——株式会社KADOKAWA
〒102-8177 東京都千代田区富士見2-13-3
電話 0570-002-301(ナビダイヤル)
印刷所——株式会社暁印刷
製本所——本間製本株式会社
装幀者——田島照久

本書の無断複製(コピー、スキャン、デジタル化等)並びに無断複製物の譲渡および配信は、著作権法上での例外を除き禁じられています。また、本書を代行業者等の第三者に依頼して複製する行為は、たとえ個人や家庭内での利用であっても一切認められておりません。

定価はカバーに表示してあります。

●お問い合わせ
https://www.kadokawa.co.jp/ (「お問い合わせ」へお進みください)
※内容によっては、お答えできない場合があります。
※サポートは日本国内のみとさせていただきます。
※Japanese text only

©Kei Ohishi 2024 Printed in Japan

ISBN978-4-04-115695-7 C0193

角川文庫発刊に際して

角川源義

第二次世界大戦の敗北は、軍事力の敗北であった以上に、私たちの若い文化力の敗退であった。私たちの文化が戦争に対して如何に無力であり、単なるあだ花に過ぎなかったかを、私たちは身を以て体験し痛感した。西洋近代文化の摂取にとって、明治以後八十年の歳月は決して短かすぎたとは言えない。にもかかわらず、近代文化の伝統を確立し、自由な批判と柔軟な良識に富む文化層として自らを形成することに私たちは失敗して来た。そしてこれは、各層への文化の普及滲透を任務とする出版人の責任でもあった。

一九四五年以来、私たちは再び振出しに戻り、第一歩から踏み出すことを余儀なくされた。これは大きな不幸ではあるが、反面、これまでの混沌・未熟・歪曲の中にあった我が国の文化に秩序と確たる基礎を齎らすためには絶好の機会でもある。角川書店は、このような祖国の文化的危機にあたり、微力をも顧みず再建の礎石たるべき抱負と決意とをもって出発したが、ここに創立以来の念願を果すべく角川文庫を発刊する。これまで刊行されたあらゆる全集叢書文庫類の長所と短所とを検討し、古今東西の不朽の典籍を、良心的編集のもとに、廉価に、そして書架にふさわしい美本として、多くのひとびとに提供しようとする。しかし私たちは徒らに百科全書的な知識のジレッタントを作ることを目的とせず、あくまで祖国の文化に秩序と再建への道を示し、この文庫を角川書店の栄ある事業として、今後永久に継続発展せしめ、学芸と教養との殿堂として大成せんことを期したい。多くの読書子の愛情ある忠言と支持とによって、この希望と抱負とを完遂せしめられんことを願う。

一九四九年五月三日

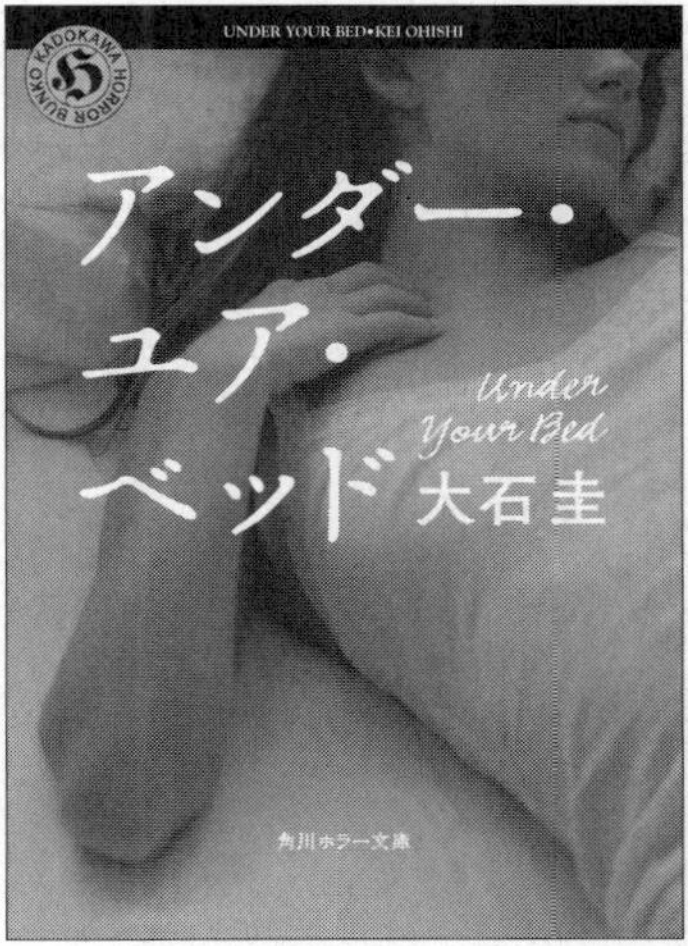

アンダー・ユア・ベッド

大石 圭

僕は君のすぐ近くにいる。

ある晩、突然、僕は佐々木千尋を思い出した。19歳だった彼女と僕がテーブルに向き合ってコーヒーを飲んだこと。彼女の亜麻色の髪、腋の下の柔らかそうな肉、八重歯、透けて見えたブラジャーの色や形…9年も前の、僕の人生のもっとも幸福だった瞬間——。そして僕は、佐々木千尋を捜すことにした。もう一度、幸せの感触を思い出したいと願った——。それは盲目的な純愛なのか？それとも異常執着なのか？　気鋭が書き下ろす問題作！

角川ホラー文庫

ISBN 978-4-04-357201-4

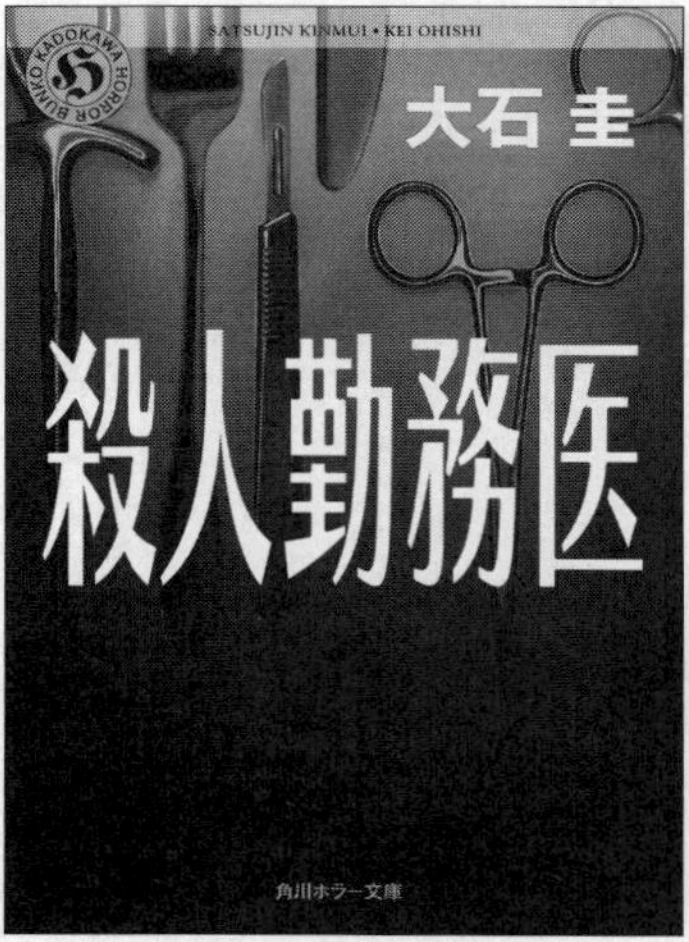

殺人勤務医

大石 圭

美しく切ない猟奇殺人

中絶の専門医である古河は、柔らかい物腰と甘いマスクで周りから多くの人望を集めていた。しかし彼の価値観は、母親から幼いころに受けた虐待によって、大きく歪んでいた。食べ物を大切にしなかった女、鯉の泳ぐ池に洗剤を撒いた男。彼は、自分が死に値すると判断した人間を地下室の檻に閉じ込め、残忍な手段で次々と殺していく。猟奇の陰に潜む心の闇をリアルに描き出した気鋭の衝撃作！

角川ホラー文庫

ISBN 978-4-04-357202-1

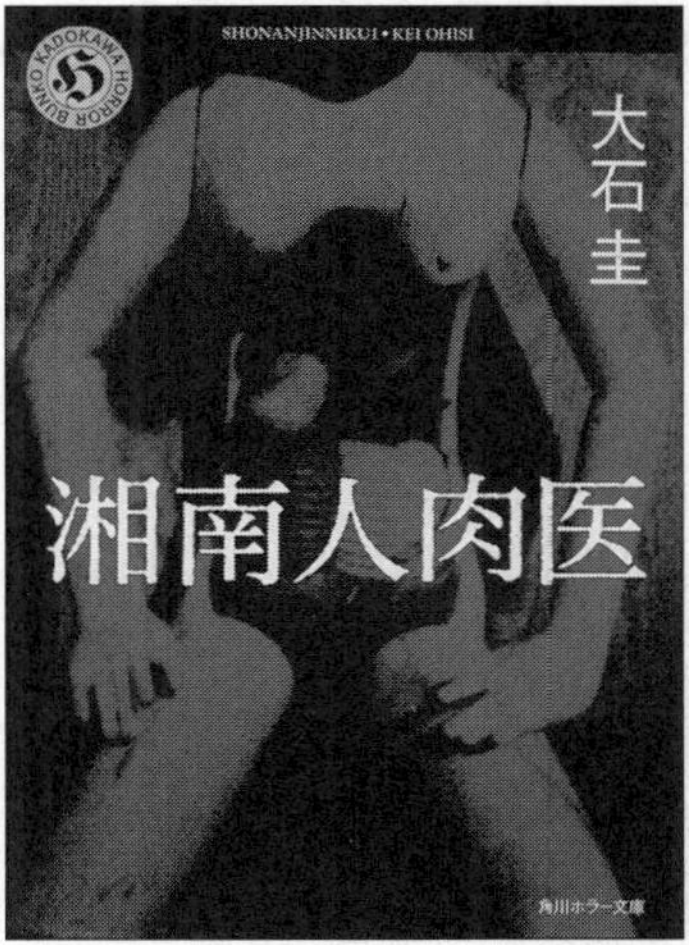

湘南人肉医

大石 圭

あなたを食べてもいいですか？

湘南で美容外科医として働く小鳥田優児は、神の手と噂されるほどの名医だった。数々の難手術を成功させ、多くの女性を見違えるほどの美人に変貌させていた。しかし、彼は小さな頃から人肉に対して憧れを持っていた。そして、ある日、手術で吸引した女性の臀部の脂肪を食べてしまう。それは麻酔が施されていたため、苦かったが、人の肉を食べるという禁を破ったことに対して、優児は強いエクスタシーを感じた……。

角川ホラー文庫

ISBN 978-4-04-357206-9

殺人調香師

大石 圭

僕が欲情するのは「その薫り」だけだ

柏木はハンサムな若き調香師。彼の調合する香水を求め、店には多くの婦人たちが訪れる。だが柏木には大きな秘密があった。彼は調香師にして——連続殺人鬼。命を失ってから数時間にわたって皮膚から立ちのぼる『その薫り』に包まれながら、殺した女を犯すことが、彼の至上の喜びなのだ——。だが今までで最高に惹かれる『その薫り』の美少女・レイナと出会った時、禁断の悲劇が幕を開けた……！　倒錯的エロティック・ホラー。

角川ホラー文庫

ISBN 978-4-04-357223-6

甘い鞭

大石 圭

ああ、いたぶられている。こんなに淫らに

高校１年生の時に隣家に棲む男に拉致監禁された奈緒子。１か月にわたって弄ばれ続けた彼女は、男を殺害し辛うじて地獄から生還した。凄絶なトラウマを抱えたまま成長し、現在は不妊治療専門の医師として活躍する奈緒子だが､美貌の女医として評判の彼女のもう１つの顔、それはＳＭクラブに所属する売れっ子M嬢《セリカ》だった！　過去と現在、サディスティックな欲望とマゾヒスティックな願望が交錯する、驚愕の問題作！

角川ホラー文庫

ISBN 978-4-04-357219-9

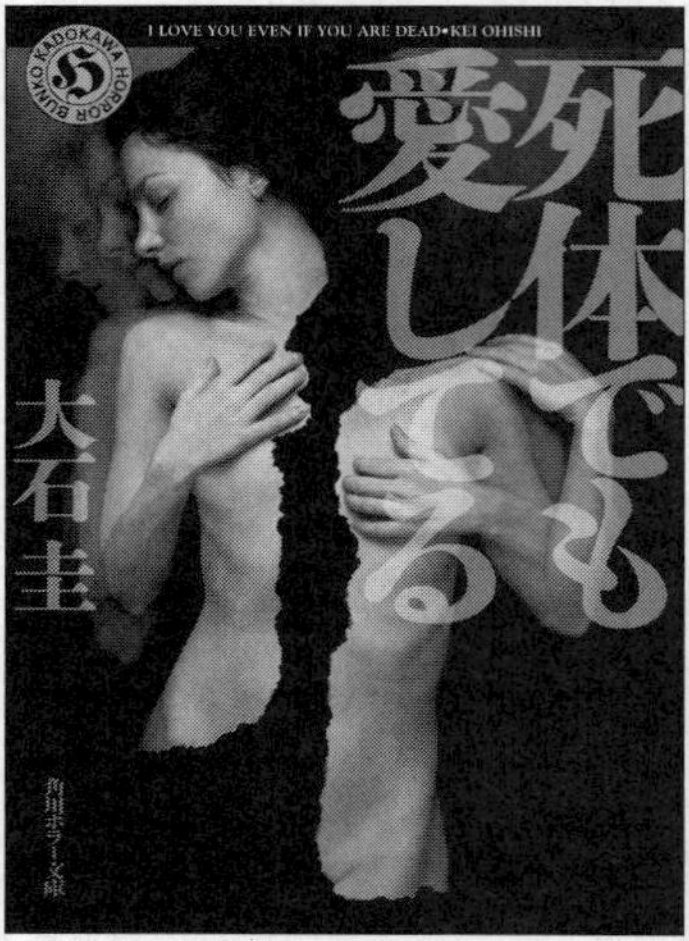

死体でも愛してる

大石 圭

舐めたい。食べたい。ひとつになりたい。

台所に立っていると落ち着く。料理をすると心が凪いでいく。だからわたしは、最愛の夫が死んだ今日も包丁を握る。「彼の肉」で美味しい料理を作るために。日増しに美しくなる娘に劣情を抱く父親、コンビニ店員に横恋慕した孤独な作業員——「異常」なはずの犯罪者たちの独白を聞くうち、敏腕刑事・長谷川英太郎には奇妙な感情が湧き……。供述が生んだ悲劇とは⁉　あなたの心奥にひそむ欲望を刺激する、予測不可能な犯罪連作短編集。

角川ホラー文庫

ISBN 978-4-04-109873-8

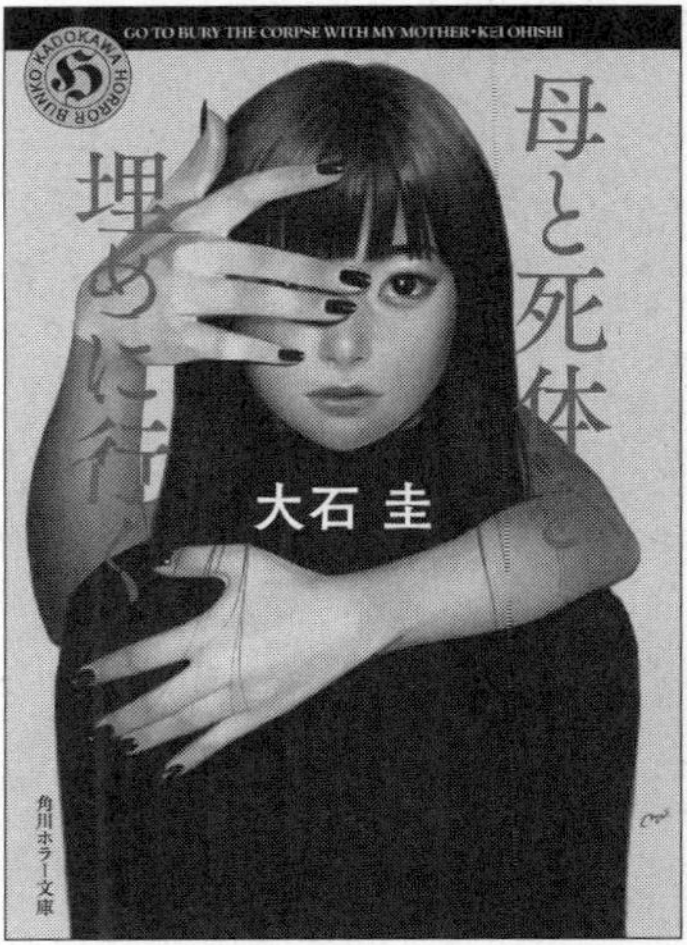

母と死体を埋めに行く

大石 圭

ざらつく感動が残る毒親サスペンス!

わたしの家は、クラスの子たちと、どこか違う——。若月リラ、18歳。母のれい子は美しく、街行く人が皆振り返る。しかしそれは表の顔。れい子はリラを従属物のように扱う『毒母』だった。ある日リラは、不穏な様子のれい子から手伝いを命じられ、車に乗せられる。そこには見知らぬ男の死体が！　驚くリラだが、母に逆らえず、一緒に死体を山奥に埋める。それが悲劇の始まりになるとも知らずに——。驚愕のラストが待つサスペンス！

角川ホラー文庫

ISBN 978-4-04-111983-9

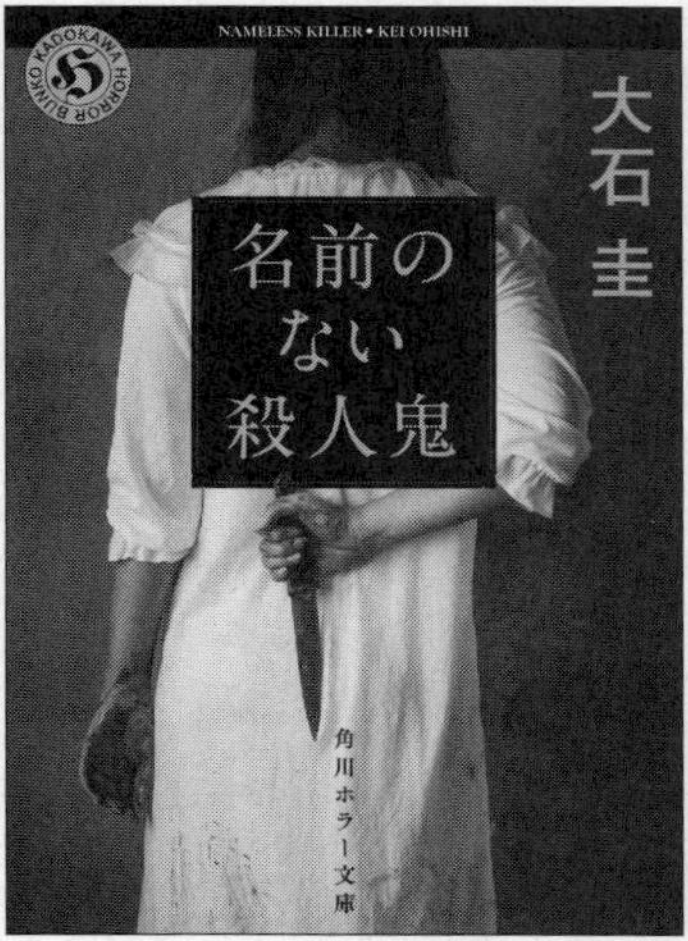

名前のない殺人鬼

大石 圭

切なく美しいサスペンス・ホラー！

僕は周りの人たちにシュンと呼ばれている。でも、この国の戸籍にそんな名前の人物はいない。だから人を殺しても構わない。僕は名前のない殺人鬼なのだ――。弁護士の李子《りこ》からの依頼に従い、嗜虐的な趣味をもつ男に女装して近づき次々と殺害していく、戸籍を持たない少年・シュン。ある日、彼らの平穏な日々を揺るがす驚愕の相談者が現れる！　若く美しい連続殺人鬼の自らの人生との対峙を端正な筆致で描き上げる、著者渾身の長編小説。

角川ホラー文庫

ISBN 978-4-04-113315-6